In seinem »außergewöhnlichen Romanerstling« *Das Menschenfleisch* entfaltet Marcel Beyer eine einfache Geschichte: Ein männliches Ich lernt eine weibliche »Du«, »sie«, »K.« kennen, ein Liebesverhältnis entsteht, ein Dritter kommt hinzu, aus Liebe wird Eifersucht. Diese Geschichte wurde schon oft erzählt, aber nicht so wie in *Das Menschenfleisch*. Worüber man nicht schweigen kann, sondern sinnlich sprechen muß, ist der Wunsch nach totaler Annäherung an den anderen. Marcel Beyer unternimmt den verwegenen Versuch, sich einen Körper einzuverleiben: nicht mit einem scharfen Messer, sondern mit spitzer Feder.

»Marcel Beyer hat ein erstaunliches Buch geschrieben. Auf knappem Raum führt es vor, wie frei und ungehemmt literarisches Sprechen wuchern und taumeln kann, ohne in Richtungslosigkeit zu verfallen. Auf wunderbar luzide Weise ist die rudimentäre Fabel mit den erzählerischen Mitteln identisch – das ist schon ein Meisterstück.«

Friedhelm Rathjen, Süddeutsche Zeitung

Marcel Beyer, geboren 1965, lebt in Köln und Dresden. Im Januar 1997 erschien in der edition suhrkamp *Falsches Futter. Gedichte* (es 2005); sein zweiter Roman, *Flughunde*, erschienen 1995, wurde ein großer Erfolg bei Publikum und Kritik und ist 1996 als suhrkamp taschenbuch (st 2626) erschienen.

Marcel Beyer
Das Menschenfleisch

Roman

Suhrkamp

Umschlagfoto: Jacqueline Merz

suhrkamp taschenbuch 2703
Erste Auflage 1997
© Suhrkamp Verlag Frankfurt am Main 1991
Suhrkamp Taschenbuch Verlag
Alle Rechte vorbehalten, insbesondere das
des öffentlichen Vortrags, der Übertragung
durch Rundfunk und Fernsehen
sowie der Übersetzung, auch einzelner Teile.
Druck: Nomos Verlagsgesellschaft, Baden-Baden
Printed in Germany
Umschlag nach Entwürfen von
Willy Fleckhaus und Rolf Staudt
1 2 3 4 5 6 – 02 01 00 99 98 97

Die Liebe ist die größte Kraft,
die alles schafft

LAIBACH

Falls diese Vorstellung beibehalten wird, scheint es sich bei flüchtigem Blick um eine nicht weiter außergewöhnliche Pflanze zu handeln. Sicher, es fallen zwei grüne Blätter auf, die sich durch Größe und parallele Lage zueinander von den anderen Blättern der Pflanze unterscheiden. Wahrscheinlich nur eine Mutation, ohne Bedeutung. Diese Erklärung wird man zuerst auch für die Härchen gelten lassen, welche die beiden Blätter säumen und die ein wenig fester gewachsen zu sein scheinen als die Behaarung der anderen Blätter, sie sind fast wie kleine Dornen ausgebildet. Doch werden einen diese Besonderheiten nicht davon abhalten, sich auf einem der Blätter niederzulassen, besser noch: zwischen den beiden Blättern, die einen Schutz bilden gegen Vögel zum Beispiel, die auf der Suche nach Insekten Sprachspielereien wie Piep-Piep und Krächz von sich geben.

Plötzlich merkt man, daß sich die beiden Blätter über einem ein wenig geschlossen haben, es dringt zwar noch Licht zwischen ihnen von außen herein, aber bei genauem Hinsehen stellt man fest, daß sich die Dornen ineinander verzahnt haben. Also muß man versuchen, den Raum zwischen den beiden Blättern zu erweitern, indem man mit den Flügeln so schnell wie möglich schlägt und sich in Richtung des Zwischenraums bewegt, um zu einer anderen Pflanze fliegen zu können. Es scheint jedoch, daß sich

diese beiden Blätter nur immer enger aneinanderschlie-
ßen, je stärker man mit den Flügeln schlägt.

Mit der Zeit reicht kaum noch die Kraft, Widerstand zu
leisten, zumal die Blätter auch wesentlich stabiler gebaut
sind als übliche Pflanzenblätter. Ist der Körper ge-
schwächt? Von den Dornen verletzt, als man sich auf diesem Blatt niederließ? Haben sie den Körper geritzt, ohne
daß man es gleich merkte? Sind die Dornen vielleicht sogar
mit einem Gift getränkt, das eine Lähmung herbeiführt?

Manchmal wohnen wir in ihrer Wohnung, dann wieder
bei mir, oder jeder wohnt in seiner eigenen Wohnung, wir
haben Schriftverkehr miteinander, und wir telefonieren,
im jeweiligen Pflanzengestrüpp eingefangen. Knacken des
Chitinkörpers, schon ausgesaugt?

Ich habe kaum Pflanzen hier, sagt K., Fenster frei, damit Licht herein kann, auf dem Regal eine Pflanze, ich
weiß aber nicht, welche Art das ist. Alle Wörter mit K
sammeln, wem auch immer Einlaß gewähren in das eigene
Körpergehäuse.

Daß ich zwar der genauen Beobachtung fähig sei, heißt
es, daß mir vieles auffalle, daß ich aber aus dem Wahrgenommenen Schlüsse auf eigene Weise zöge, daß ich, damit
meine Darstellungen die gewünschte Wirkung erzielten,
nicht umhin käme, meine Erzählung ein wenig zu frisie-
ren. Daß ich die teils natürlichen, teils fieberhaften Bewegungen des Körpers nicht so darstellte, wie sie seien, sondern daß meine Assoziationen alles verschleierten, daß das
Beobachtete am Ende so dastehe, wie ich es gesehen hätte,

ein Topograph des Verwachsenen. Daß nicht zu entscheiden sei, ob es sich um einen aktiven oder einen passiven Fallensteller handele.

Werden die Blätter von außen gewaltsam geöffnet, so finden sich zwischen ihnen nur noch die unverdaulichen Reste des Insekts: die zerplatzte Chitinhülle und die Beine. Später löst sich die Verzahnung der Blätter wieder, ein weiteres Insekt kann sich auf der Pflanze niederlassen.

Oft, sagt sie, schlägt die Bildlichkeit um, und man unterscheidet nicht mehr genau zwischen fiction und nonfiction. Sagen wir zum Beispiel, du sprichst metaphorisch davon, jemand fressen zu wollen, und bekommst dann, vielleicht ohne es zu wissen, ein gebratenes Stück Fleisch serviert, das tatsächlich aus dieser Person herausgeschnitten wurde. Du kennst doch diese Geschichte: das schmeckt aber vorzüglich. Ja, nicht wahr, es ist dein Mann.

Knacken in der Leitung, sie sagt: ich bin in die Falle gegangen, durch Einziehen von Luft ein Schnarren im Hörer, Insektengezirp. Warte mal, vielleicht fällt mir der Name meiner Pflanze doch ein: Sonnentau, Venusfliegenfalle, Kannenpflanze, Fettkraut? Sie scheint auf Bewegungen zu reagieren, ein Luftzug kann dazu führen, daß die Falle plötzlich zuschnappt.

Das Schlimmste ist, daß man oft nicht weiß, ob man mit einem Feind spricht: ursprüngliches Konzept der Einübung eines bestimmten Vokabulars aufgegeben, die Störungen, Fehlversuche bleiben, das Scheitern eines Sprachkurses.

2. Berührungen jeder Art

Es ist leicht einzusehen, daß man auch auf die unscheinbarsten Dinge eifersüchtig sein kann, die mit einer bestimmten Person zu tun haben. So natürlich in erster Linie auf andere Personen, die mit der bestimmten Person in Verbindung stehen, wie es heißt, die ihr also vielleicht die Hand geben oder sie sogar in den Arm nehmen bei Begrüßungen, da möchte man dann diese Hand oder dieser Arm sein, damit die andere Person nicht in Kontakt mit der Haut kommt, die man selber statt dessen berühren möchte. Es geht um Berührungen jeder Art.

Berührungen jeder Art, weil ich ihren Körper nicht kenne, aber ihre Stimme, ich habe sie sprechen gehört, wenn auch nicht im Gespräch mit mir, sondern mit irgend jemand anderem, an den ich mich nicht mehr erinnere. Kennt sie denn meine Stimme, wie viele Stimmen hat ein Mensch, daß er sich anschleichen kann, das erste Wort, die Stellung der Sprechwerkzeuge beim ersten Wort ist bestimmend für die eigene Stimme im weiteren Gespräch, ohne daß sie sich immer ändern ließe, zum Beispiel, um Wendungen im Gespräch möglich zu machen. Oder es ist auch möglich, durch Einsetzen der eigenen Stimme die des anderen zu beeinflussen, ich spreche jetzt so, also muß sie so sprechen, sich darauf einlassen oder etwas anderes tun, das Gespräch lenken durch Stimmeneinsatz.

Darüber hinaus gibt es auch Gegenstände, deren Gestalt man annehmen möchte, um in der Nähe der Person zu sein: ein Stuhl, auf dem sie sitzt, die Kleidung vielleicht an ihrem Körper, um so sich den Formen ihres Körpers anzuschmiegen und Bewegungen gemeinsam auszuführen. Ein Glas, das sie mit der Hand umfaßt und an die Lippen nimmt, vielleicht mit der Zunge berührt, wenn sie versucht, ein Stück Zitrone ins Glas zurückfallen zu lassen. Ein Getränk im Glas, um in ihren Mundraum zu gelangen. Dort würde dann bereits mit der Verdauung begonnen, man selber zersetzte sich in kleinere Bestandteile, verursacht durch die Enzyme der Person, der man nahe sein wollte. Vermischt mit ihrem Speichel sähe man sich das Innere des Mundraums an, wenn es nicht zu dunkel wäre. Von der Zunge weiter in Richtung Rachen befördert, gelangte man durch die Speiseröhre (an der Luftröhre vorbei, wo sich der Kehlkopf befindet) hinab in den Magen, man sähe die Person von innen, hätte gleichzeitig Hautkontakt mit ihr, könnte also vollauf zufrieden sein, obwohl man sich in Auflösung befände aufgrund erneuter Zugriffe von Enzymen, um bald sich mit anderer Nahrung (vielleicht auch verwandelten Eifersüchtigen?) im Magen zu sammeln. So hätte man sich von der Person wortwörtlich einverleiben lassen, um in Bereiche zu gelangen, die man sonst nie sehen, nie berühren könnte.

Wie Menschenfressers Lockruf: sie mir einverleiben durch mein Sprechen, mit meinen Worten ihre Worte hervorlocken, sie in die Falle gehen lassen, ich sage etwas, und sobald sie antwortet, kenne ich ihre Stimme, dann kommt das Menschenfleisch zum Vorschein, ihre Zunge. Es verbleiben im Magen: zehn Minuten: Honig. Ein bis zwei Stunden: Fleischbrühe und Getränke. Drei Stunden: Milch, Eier, Kartoffeln. Sechs Stunden: Spinat, Äpfel, Huhn. K. steht mir gegenüber auf den Getränkestand gestützt, das Holz des Tisches berührt ihre Ellbogen, vielleicht lehnt auch ihre Hüfte daran, ihr Knie, und sonst berührt niemand sie im Moment. Also müßte ich das Holz sein dort drüben, in Hautkontakt.

Ein Fetzen Haut löst sich ab, fällt zu Boden, oder er bleibt an einer Kante hängen, wo sie sich gestoßen hat, so daß man dieser Schrank sein möchte. André Breton fragt: da Sie von der Beziehung der Haut zu dem Darunter sprechen, glauben Sie nicht, daß es Anlaß gibt, den Kosmetikern zu mißtrauen?

Liebgewordene Gesten, Hochziehen der Brauen, die Nasenspitze bewegt sich beim Sprechen, sie kennt den Franzosengruß, sie ist des Franzosengrußes mächtig, nämlich des ständigen Umarmens anderer beim Wiedersehen. Auch wenn sie ihn nicht ausführt, sieht man ihr dennoch an, daß sie ihn beherrscht, jederzeit anwenden könnte bei einer Begegnung, sofern sie nur wollte, eben wenn zufällig jemand die Straße herunterkäme, eine Freundin wohl, oder bei vereinbarten Treffen, an dieser Stelle zum Beispiel, den Franzosengruß ausführen, das kann sie, ich sehe es ihr an, dieses Wort, immer wieder Wörter, die einen verfolgen, die versuchen, einen verrückt zu machen. Eine Fähigkeit, die nicht unbedingt genutzt werden muß, das ist schwer zu verstehen.

Vorstellungen von Innenseiten (des Körpers), was wir noch nie gesehen haben, aber dennoch kennen, ein Auseinanderfalten des Wahrgenommenen, in verschiedene Wahrnehmungsbereiche eindringen, also einmal vorwiegend sehen (wie sie da steht und in einem Notizbuch blättert, das sie aus der Tasche gezogen hat, trinkt, mich anscheinend noch nicht bemerkt hat), dann wieder hören (soweit es überhaupt möglich ist, bei der Musik etwas von dem mitzubekommen, was sie an Worten wechselt mit manchen der Personen, die an ihr vorbeigehen, zur Tür hereinkommen oder hinausgehen). Einmal sagt sie etwas lauter: ich kann mich nicht in Verbindung bringen mit den Namen, die mir angehängt werden. Versteh mich nicht falsch, versteh mich nicht richtig, ich fasse alles an, das Glas vor mir das gleiche wie jenes, das vor ihr steht, also sonstwie eine Verbindung herstellen durch Berührung gleicher Gegenstände, einen Querverweis liefern, wie sich Taubstummer und Blinder miteinander unterhalten.

Berührung des Lichts, wie ihr Körper überall berührt wird vom Licht und es widerscheint, Erlernen des Lichts, ihm standzuhalten mit geöffneten Augen, oder mit schützender Hand vor der Stirn. Sie hat mich bei meinem Namen genannt, sie hat mich dazu ernannt, diese Ausblicksposition zu erlernen, es geht darum, daß ich fortan nach ihr Ausschau halten, ihr diese und andere Gesten nachmachen soll, das gilt besonders für den Gesichtsausdruck, für Gähnen, Augenschließen und Mundbewegungen. Was für die Gesten gilt, gilt ebenso für die Rede: ich bin damit beschäftigt, sie zu beobachten, ihr anzusehen abzusehen, was ich tun muß, wie mich bewegen wie sprechen, um es ihr nachzumachen, um einen gemeinsamen Bereich zu schaffen, oder daß ihr immer neue Wörter einfallen, die sie gar nicht alle ausspricht, die ich aber kennen muß, der Aussprache nach beherrschen.

Es bestünde auch die Möglichkeit, sich als Rauch einer Zigarette in ihren Körper einzuschleichen, durch die Luftröhre in die Lungen, dort sich ein wenig umsehen, bevor man durch die Nase wieder ausgeatmet würde. Im Halbdunkel zieht der Rauch an ihrem Gesicht vorbei, berührt ihre Wangen, Stirn, bevor er sich über ihrem Kopf im Dunkel verliert, oder Rauch in die Augen. Was man sich auch vorstellen könnte: als Tränenflüssigkeit auf ihren Bindehäuten zu kleben, so immer hin und her geschoben, wenn sie die Augen bewegt, daß sie durch einen hindurch sähe, daß man ihr immer vor Augen wäre.

Ich wäre gerne einer der Laute, die sie ausspricht, ein Buchstabe auf ihrer Zunge, den sie durchkaut, mit Speichel benetzt, mit den Lippen formt. Verloren an das, was man Sprachaneignung nennt, von Anfang an. Nie gab es einen Ausweg, untergeschobene Worte, Silben, nichtssagende Begriffe, dem anderen von den Lippen abzulesen.

Ich denke schon an Stimmenimitation, auch Wortwahl ihr nachzumachen wäre möglich, ein gemeinsamer Wortschatz, wie erneuter Sprachanfang, ich denke zurück, versuche, mich an meine ersten Sprech- und Leseübungen zu erinnern, aber ich bin gefesselt an das, was sie mir sagt. Beim Hochheben des Glases ist ihr ein wenig vom Getränk übergeschwappt auf den Tresen, ich beobachte, wie sie ihren Zeigefinger über die Tischplatte zieht: auf einmal erkenne ich ein Zeichen in der Lache, und gleich streicht sie es wieder durch, läßt die Schrift verlaufen, als sollte es niemand lesen. Neologismen zur Verschwörung, sie sagt so viele Wörter, die ich gar nicht kenne, noch nie benutzt habe, ich will sie mir alle aneignen, ich muß sie selber schreiben können.

Sie steht nah bei mir, Gedränge an der Bar, ich spüre ihren Oberkörper an meinem Oberkörper, unsere durchgeschwitzten Hemden kleben aneinander, bewegt sie ihren rechten Arm, reibt der Stoff ihres Hemdes über meinen Arm, wie zufällig sind diese Bewegungen, Berührungen. Oder auch: wie nah muß man mit dem Mund dem anderen ans Ohr gehen beim Sprechen, damit er etwas versteht. Ein Wort, ausgezogen bis auf die Knochen.

3. Zitronen

Ich hänge dazwischen, oben die Spanierin palavernd, wenn ich auf dem Treppenabsatz stehe. Ich höre, wie sie am Telefon spricht, höre nur ihren Dialogpart, gebrochene Deutschwörter in den Hörer rufen *der Mörtel bröckelt über dem Waschbecken Warmwasser funktioniert nicht und so Tiere krabbeln.*

Das kleine Feld, auf das wir begrenzt sind, unser Wortschatz, unser gemeinsames Bettlaken. Ich bin auf dem Weg zu ihr, laufe die Treppe hinauf, eingebunden in das Sprachnetz der Nachbarn, Rohre an der Decke entlang verbinden die einzelnen Wohnungen, so könnten die Nachbarn miteinander in Kontakt treten, indem sie zerknüllte Briefe in den Abfluß werfen und am anderen Ende wieder herausziehen oder auch durch die Rohre miteinander sprechen, aber so redet jeder, ohne den anderen zu hören, ohne die Antwort des anderen abzuwarten, und ich muß mir alles gleichzeitig anhören auf der Treppe, das Babel im Hausflur *die Tauben gegenüber Dächer nachts rote Wolken ziehen übern Himmel.*

Ich hänge dazwischen, oben die Spanierin, unten durch die geschlossene Tür ein Lehrer rezitierend WIR HA BEN ZWAN ZIG TA GE NICHTS GE GES SEN ich auf dem Treppenabsatz, ein Ohr und ein Ohr, das Pluszeichen dazwischen ist mein Kopf, die Schüler wiederholen, ebenso jede Silbe einzeln betonend, die eben gehörte Zeile und ergänzen die nächste: Im Zim mer ist es kalt und Zi ga ret ten.

Abgeschabte Tapete, vom Treppengeländer Lack abgeschabt, abgeschabte Fensterrahmen und Stufen ausgewetzt von vielen Schritten, muß aufpassen, daß ich nicht abrutsche, halte mich am Eisengeländer fest, unten die Schüler wiederholen, was der Lehrer vorgesagt hat, in einem Rhythmus die Wörter zerkauen, zerfressenes Wortgut zwischen kariösen Zähnen zermahlen, ich höre es wol len sich zu Men schens Wär me ret ten noch ein Stockwerk, dann die Tür öffnen, hinter mir schließen, und ich höre niemanden mehr außer ihr.

Am Tisch sitzen mit Blick aufs Krematorium, der Schornstein raucht, wir unterscheiden jetzt nicht mehr genau zwischen fiction und non-fiction, vor mir der Aschenbecher, eine Zitrone, daraus der Saft zu pressen wäre. Irgendwie läuft die Geschichte ab, sie sagt: bevor man gar nicht spricht, ist es immer noch besser, sich etwas auszudenken, das Lesen auch jeder noch so kleinen Regung, eines Gesichts, jeder Geste kann erlernt werden, ein Wort nach dem anderen sich vortasten in die fremde Sprache, wir erteilen einander eine Lektion, Fiktion wahrscheinlich eher. Ein Spracherwerb aus dem Nichts, mit losgebundener Zunge. Ich fahre ihr über die Stirn, übers Gesicht, am

Hals hinunter, über den Kehlkopf hinweg, wo die Wörter entspringen, wo sie spürbar sind beim Sprechen.

Das ist möglich. Ein bißchen Salat ein Glas Milch. Überleben wäre auch nötig. Ein bißchen Möhre ein Milchbrei zum Anrühren Ei schlagen. Ein Topf auch nötig ist möglich. Und umrühren. Das mache ich schon. Inzwischen Salat Salat grün ein Blatt: magst du das überhaupt? Ja. Zupfen Blatt Blatt nacheinander geholt aus dem Gemüsefach. Der Kühlschrank müßte mal abgetaut. Ach das ist immer viel Arbeit. Kann ich mal ans Waschbecken den Salat. Abwaschen mit Fingern über die Blätter so daß alles ab ist und auch keine Schnecke mehr. Mit Fingern. Mit nassen Tropfen ins Gesicht erschrecken. Und zum Nachtisch Obstsalat. Wo ist der Zucker. Hast du mal das Salz. Ist da noch ein sauberes Messer. Danke. Au jetzt habe ich mich geschnitten. Komm her ich mache das weiter. Welche Soße. Welche Soße willst du machen? Ach mit Öl. Oder so. Hier haben wir noch Joghurt. Zeig mal ist der denn noch haltbar. Wann haben wir den gekauft. Sag das nicht. Das mit den abgefallenen Händen. Das Herz in die Armbeuge verpflanzt. Ein bißchen Schnittlauch. Zu Trinken. Was zu Trinken. Ich habe aber auch keine Lust jetzt nochmal in den Keller zu laufen. Nehmen wir doch die Milch. Hier ist auch noch Bier. Ja das lieber.

Auf dem Sofa sitzen, die Zitronenpresse steht auf dem Kühlschrank, vertrocknetes Fruchtfleisch trübt Glas, immer neue Geheimwörter, sie sagt: wir werden es noch dahin bringen, daß uns niemand mehr verstehen kann, unsere Gespräche werden ein einziges Aufeinandereinkrächzen sein, ständiges Wiederholen von Lauten, denen niemand außer uns etwas an Bedeutung zuordnen kann. Es haben diese Wiederholungen, sagt sie, die Funktion, in anderen Sprachen, das heißt in schon gesprochenen und nun vergessenen, oder in solchen, die man erst noch lernen will, Dauer oder Intensität auszudrücken. So daß man, selbst wenn man die jeweilige Sprache nicht beherrscht, doch an der Wiederholung erkennen kann, worum es geht. Oft läuft dabei die Gewohnheit mit dem Erzähler davon, er sagt dann: nun traf ich eine Frau, ihr Name war K., K., K. Das habe ich bereits bis zu sechzigmal gehört oder mit erfundenen Wörtern selber durchgeführt. Bezieht sich auch auf das Niederschreiben eines Namens: sie hat Klebeetiketten mit Namen fremder Männer verschwinden lassen, ich sollte nichts merken von den Wortwiederholungen.

Was bedeutet es Milch und Mehl Salz in einem Topf zu verrühren. Es wird sich um einen Pfannkuchenteig handeln. Die Pfanne mit heißem Fett. Ein einzelnes Herz zielt nach draußen. Was heißt es eine Kartoffel. Mit Salz eine Salzkartoffel bis sie zerkocht ist: Mist da haben wir nicht aufgepaßt jetzt sind die Kartoffeln hin sieh mal wie das aussieht eine weißliche Brühe. Was heißt es keine Kartoffel. Ein Herz. Eine rötliche Brühe bleibt. Vielleicht nach dem Kochvorgang wer wollte das bezeugen. Was bedeutet es tiefgekühlten Spinat der Gefriertruhe zu entnehmen auf einen Teller zu legen um ihn schon einmal ein wenig auftauen zu lassen. Es heißt daß die grünen Blätter nicht mehr so lange kochen müssen. Jetzt sehe ich aber auf die Uhr und passe auf daß das nicht wieder danebengeht. Ein kleines bißchen bitte. Was heißt es: sieh mal ich glaube der Teig ist so gut jetzt müssen wir nur noch warten bis der Spinat ein wenig weiter ist dann werde ich Pfannkuchen braten. Was bedeutet es. Es ist ein Braten ein Wörter in den Mund nehmen und runterschlucken. Sag das. Sag das nicht. Versteh mich bitte nicht falsch versteh mich bitte nicht richtig. Alles Begriffe aus dem Bereich der sinnlichen Wahrnehmung: Kartoffel Herz Sekt Salat Schokolade. Was bedeutet ein Stück Fleisch. Es heißt daß es einen Menschen gibt aus dem es herausgeschnitten wird. Es geht um Personen. Ein Gewebe ist Nahrung verzweifelter Gespräche. Es ist der Finger im Mund auf den man beißt aus Versehen. Es ist ein Stück Fleisch.

Auf dem Bett sitzen, ich sehe sie ins Badetuch gehüllt im Zimmer stehen: nach den Zitronen fassen, rauhe Schale unter den Fingern spüren, Umschlagen eines Bildes, die Haut zieht sich zusammen, unser unaufhörlicher Spracherwerb aneinander. Wir unterhalten uns nur noch mit Hilfe geheimer Zeichen, auch Zeichnungen, suchen Körperstellen im Text: oder wie sollen wir dem unerklärlichen Drang entgehen, immer möglichst verständlich zu sprechen, fragt sie, uns anderen verständlich zu machen, immer von neuem mit den Sprechübungen zu beginnen, die Zunge an die Lippen zu setzen, alles was wir so mitgelernt haben, vorüberschwirrendes Wortgeräusch. Wie bewegt sich deine Zunge, wie hältst du die Zunge bei diesem oder jenem Wort, zeig es mir, daß ich es nachmache, zeig es mir, daß ich verstehe, was du sagen willst. Losgebundenes Muskelstück, Mundinhalt im Flattern begriffen, rotverzerrtes Menschenkind: ich erkenne die jeweilige Sprache an deinem Speichel. Aktivierung der entlegensten Bereiche, um eine Übereinstimmung zwischen zu Verstehendem und Verstandenem wenigstens anzudeuten, du schmeckst wie deine Sprache. Im Besitz aller Sinne der fremden Zunge nacheifern, nachfahren, und was haben die Lippen zu tun, mit dem Finger tasten wie ein Blinder beim Erlernen von Mundbewegungen, Edison spricht auf die Walze des von ihm erfundenen Phonographen: A LITTLE BIT OF PRACTICAL POETRY, ein bißchen angewandte Poesie, wie soll das laufen, wahrscheinlich einfach nur reden, ich spüre ihren Atem auf der Haut, wenn sie in meiner Nähe spricht.

Ich löffele aus der Tasse Buttermilch, Zitronenkerne, ein wenig verkrustet schon am Rand, hat über Nacht gestanden, Zitronensaft läßt Milch gerinnen, die Milchsäuren drehen durch, ich probiere neue Wörter aus, probiere sie wie Geschmack auf der Zunge, drin im Mund die Zunge eingeschlossen, es ist dunkel, nur durch einen schmalen

Spalt dringt Licht ins Innere, die Lippen aufeinanderpressen, die Zunge nach vorn schieben, daß sie die andere Zunge spürt, die rauhe Oberseite, die glatte Unterseite mit Sehnenverzweigungen, beinahe fühle ich schon das Zäpfchen am anderen Ende, ich will etwas aus ihrem Gaumen abschreiben, diese Lektion wiederholen, und ein weiteres Mal, ich kenne mich in dieser Umgebung bald aus: Zahn Zahnfleisch Gaumen Zunge Lippen, Überspringen des einen Wortschatzes in den anderen. Auf dem Laken leuchten Flecken. Von Asche. Von Zitronensaft.

4. Bis zum Äußersten gehen heißt
sprechen je nach Laune

Die abgewrackten Morgenlandschaften, allgegenwärtige Graffiti-Natur, auf die Wahrnehmungsapparatur einhämmernde, sich einritzende Schriftzeichen, Zeitungsständer draußen, die Überschriften beim Vorübergehen automatisch ins Hirn gepflanzt SEITENSPRUNG – ES WAR BESTIMMT NICHT MEIN LETZTER oder CALLGIRLS HABEN KONJUNKTUR plus Foto seitlich abgelichteter Tanga-Arsch SEX-MORD IM PARK und den Rest muß man sich denken, denkt sich der Kopf von allein aus, zu den sprechendsten Zeichen, die der Mensch den Dingen einprägt, zählen in allen menschlichen Gesellschaften die Punkt Punkt Punkt, Verweigerung desselben, das heißt Graffiti, machen die Wände und Flächen der Stadt wieder zu einem Körper, sie sagt das Liebesleben der Buchstaben, sie sagt bildlich zur Verwundung, wenn Wörter abgeschnitten werden, ein Fetzen der Titelseite wird vom Wind aus dem Zeitschriftenständer gerissen, fliegt auf dem Fußweg herum, Fußabdrücke Rotz Hundepisse in diesen Text miteinbezogen, daß die Schrift verwischt, die Druckerschwärze aufweicht EIN SCHAUSPIELER! plötzlich ein Mann auf dem Bürgersteig bleibt stehen vor uns, schiebt ein daliegendes Stück Holz langsam beiseite an die Häuserfront, wortlos den Blick auf das Brett geheftet, sie sagt nach dem Einkaufen lasse ich den Einkaufszettel in den

Rinnstein fallen, Notizen im Infinitiv, was gekauft werden muß, niemandem zugeordnet diese Liste, ich bediene mich nur einer Sprache, der sich auch alle anderen bedienen, das gilt auch für Briefe und Erklärungen dir gegenüber, sagt sie, das machen die Buchstaben dann unter sich aus, im Alptraum geschrien, ich kann nicht lesen, ich sage, ich kann mich nicht mehr daran erinnern, wie das war, als ich sprechen gelernt habe, das erste Wort, stotternd Rachenarbeit verrichtet, jetzt scheint die Sonne, jetzt geht das Licht aus, der Himmel bedeckt, die Zunge belegt, Sprachanfänge, wie an die Mauer gespraytes Wort, nicht ganz zu Ende, weil jemand kommt und ich abhauen muß, oder falsch zusammengesetzte Sequenz Cut-Up, plötzlich eine Taube bleibt auf der Straße vor uns sitzen, im Rückspiegel die Federn fliegen unter dem Wagen hervor, im Fahrtwind das Aufstöbern der blutigen Kiele, Leute auf dem Fußweg drehen sich um, der Mann, der eine Farbe schreiben wollte, der den Geschmack einer Farbe niederzuschreiben versuchte, ist gestorben, der Mann, der sich eine Beinprothese aus Elfenbein entwarf, ist gestorben, daß es darum gehe die gesammelten Relikte Sprachfetzen Blickfetzen in eine solche Beziehung zueinander zu setzen, daß die Assoziationen, die zu ihrer Aufbewahrung geführt haben, nicht nur abrufbar bleiben, sondern daß sie sich fortführen lassen, daß sie es ermöglichen, sich Geschichten auszudenken über die Person, von der sie stammen, der Mann, dessen Mund ohne Zähne noch schmaler wirkte als vorher schon bei zusammengepreßten Lippen, ist gestorben, Geschichten, in denen die tatsächliche Person gar keine Rolle mehr spielt, sondern deren Verhalten und Aussagen ausgeschmückt und auf die Spitze getrieben werden können, der Mann, der in einem Koffer Relikte sammelte, ist gestorben, der Mann, der sich Imitationen dieser Relikte anfertigen ließ und die so entstandene Vielzahl gleicher Koffer mit sich herumschleppte, wußte nicht, was er sagen sollte, die reine Nervenarbeit, alles im Auge zu behalten ohne durchzudrehen WIE EINE ART STRICKAPPARAT GENE RASCH VERVIELFÄLTIGT die Luft, die sie atmet, ist auch die Luft, die ich atme, die Luft, die sie ausatmet, bleibt noch eine kurze Zeit in der Nähe ihres Körpers, die Luft war in ihren Lungen, kann ich ihr das ansehen, hat sich die Luft sichtlich verändert, einer teilte das Bett mit ihr, einer heizte den Ofen, einer wartete auf sie, wenn sie ausgegangen war, dem vierten blieb nichts mehr zu sagen.

5. Der Körper des Körpers des Körpers

Ich bin ihr eine Stütze ich bin ihr keine Stütze Position 12 bei dieser Stellung dringt der Mann von hinten in die Frau ein indem er ihre Hüften umfaßt und sie bei gespreizten Beinen ihren Oberkörper nach vorne beugt ich fahre ihr übers Maul ich unterbreche sie wenn sie gerade einen Satz angefangen hat ich bin bei ihr ich bin nicht bei ihr wenn sie mich braucht Position 23 der Mann führt die Frau indem er den linken Arm um ihre Taille legt mit dem ausgestreckten rechten Arm ihre linke Hand hält sein linkes Bein zwischen ihre Beine stellt und nun mit dem rechten Fuß einen Schritt nach rechts macht folgt Drehung um das linke Bein Schwenken des Armes sie steht da und fragt mich nach anderen Frauen nichts sage ich nichts aber dieser oder jener Anruf sagt sie nein keinen Kontakt mehr mit niemandem antworte ich und sie glaubt es mir nicht aber du triffst doch noch manchmal jemanden in der Stadt auf der Straße auf einmal ein bekanntes Gesicht in der Menge und was tust du dann.

Gehst du auf sie zu sprichst du sie an wie ist das berührt ihr einander nein gar nichts sage ich Position 7 der Mann liegt auf dem Rücken die Frau sitzt auf ihm daß er von unten eindringt ich bin ihr keine Stütze sie sagt ich werde schon allein darüber hinwegkommen daß du andere Frauen außer mir triffst ich treffe niemanden sage ich Position 1 Gesicht zu Gesicht und ich mag es wenn ich sein ganzes Körpergewicht auf mir spüre aber du hast doch Erinnerungen und die verschwinden nicht wenn du mich anfaßt fällt dir automatisch auch ein anderer Körper ein den du angefaßt hast ich sage ich erinnere mich an gar keinen Körper doch sagt sie da sind immer mindestens zwei Körper ich bin ihr eine Stütze denn wenn das stimmt was sie sagt wenn es für sie zutrifft dann bildet mein Körper immer eine Stütze für die Erinnerung an einen anderen Körper dein Schatten gehört jemand anderem Position 4 Überschlag das ist keine Eifersucht ich sage nur wie es ist meint sie Position 14 während der Mann von hinten mit Mund und Zähnen den Haaransatz der Frau berührt wie Katzen die einander ins Genick beißen dabei um den anderen festzuhalten und tiefer eindringen zu können du siehst einen Haaransatz und weißt gleich zu welcher Person er gehört die du kennst gekannt hast gebissen geküßt oder auch fremde Frauen bestimmte Merkmale erinnern dich einfach an jemanden und du bist einen Moment lang verwirrt weil du mit dieser fremden Person wie selbstverständlich das tun willst was du mit einer bekannten Person selbstverständlich tust.

Ich erinnere mich an nichts treffe niemanden mehr sie sagt du gehst ihnen absichtlich aus dem Weg weil du fürchtest du werdest dein Körper werde automatisch das mit ihnen tun was du mit ihnen getan hast Position 17 den Hals beuge dabei aber zurück ich bin ihr keine Stütze ich fahre aus der Haut sie glaubt mir nicht mein Kopf ist völlig leer

alles gestrichen die Informationen gelöscht Magnet angelegt daß bestimmte Strukturen im Hirn verlorengegangen
sind auf einmal denke ich meine Haut ist erwachsen geworden den Vormittag verbringe ich damit Widmungen in
Büchern durchzustreichen die sie von anderen Männern
bekommen hat bis man gar nichts mehr lesen kann die
schwarze Tinte durch das Papier auf die nachfolgenden
Blätter durchgedrückt ich weiß nicht ob ihr das jemals auffallen wird hast du das tatsächlich gemacht fragt sie Position 2 der Kopf ihres Mannes auf dem Beifahrersitz des
Autos nun weiß die Witwe des Ermordeten Bescheid ich
trage ihre Kleidung und erfahre daß sie den Pullover von
jemand anderem bekommen hat der ihn vorher trug wie
fühlt sich das an auf meiner Haut oder ist es fremde Haut
die ich trage ich weiß nicht ob ich sie darauf aufmerksam
machen soll ich weiß nicht was sie antworten würde es
gäbe eine Lücke im Gespräch vielleicht sie wollte nicht
antworten ich muß vorsichtig sein denn je nachdem welcher Satz sich jeweils gegen die anderen unendlich vielen
möglichen durchsetzen wird als nächster gesprochen werden wird ob nun von mir oder von ihr ist es möglich daß
das ganze Gespräch zusammenbricht ein jähes Ende
nimmt und sie vielleicht plötzlich keinen Laut mehr von
sich gibt und mich nur noch ansieht überrascht vielleicht
entsetzt weil ich etwas Falsches wie es dann genannt wird
gesagt habe nicht daß ich da beinahe einen Satz folgen lassen will der alles zum Einsturz brächte und es scheint mir
sie wüßte das auch erwartete vielleicht sogar nicht bewußt

sicherlich nicht als Falle Position 32 open your mouth wide stretch your tongue out as far as you can daß ich auf eine Bemerkung von ihr hin das Gespräch auf ungeschickte Weise weiterführte und solche Situationen gibt es oft ihr Blick ruht auf mir durchbohrt mich anstatt daß ihr Blick weiter im Zimmer umherwandert und mich nur von Zeit zu Zeit streift oder in die Wanderung miteinbezieht Position 7 let the body rock keep your arms moving in circular motion ich ein präpariertes Stück Tier ich das Füllmaterial der Kleidung anderer.

Sie sagt du erinnerst dich an Stimmen die du kanntest die du jetzt nicht mehr zu hören bekommst und du versuchst aus meiner Stimme andere Stimmen herauszuhören du achtest auf alles um etwas wiederzuerkennen da gibt es gar keinen Ausweg auch deine Stimme wenn du mit anderen sprichst ist anders als wenn du mit mir sprichst Position 17 sie liegt mit dem Gesicht ihm zugewandt und mit einem Bein zwischen seinen was du auf Band hörst dein verrotztes Stimmstück daß du dir vornimmst in Zukunft kaum mehr etwas zu sprechen um nicht deine Stimme hörbar zu machen laß sie einfach weg denkst du bitte nicht mit dieser Stimme Modulation auf Band wenn die Batterien ausgehen bei der Aufnahme sprichst schneller und schneller die Stimme wird höher dabei doch erkennst du sie trotzdem wieder nachdem du einmal darauf hingewiesen worden bist kann ich dir nur wünschen daß das Band reißt daß es sich verknotet im Gerät zerknüllter Magnetstreifen und

Risse im Text in den Stimmen durch Rauschen blockiert Position 21 endgültige Trennung von Tonspur und Bildstreifen des menschlichen Körpers.

Sie sagt da ich noch nicht einmal meinen eigenen Körper kenne wie soll ich da deinen kennen oder kennenlernen Position 19 Buchstabiergehabe der Körperzellen ich weiß wie dein Körper von außen aussieht meine Hände kennen seine Form seine Temperatur seine Farbe aber es gibt keine Möglichkeit die Haut zu durchdringen eine Ansammlung unerklärlicher Phänomene und alle Worte darüber fassen die Sache nicht Position 2 während die tiefe kniende Stellung eine der kräftigsten sein kann ist die in Seitenlage von hinten die weitgehend sanfteste und kann sogar im Schlaf ausgeführt werden Hautablösungen leichte Verletzungen mit den Lippen mit der Zunge beigebracht.

Versteh mich nicht falsch die einzige Möglichkeit wären gemeinsame Halluzinationen daß ich deine Erinnerungen alle zu meinen machte und du meine zu deinen ich sage nein besser nicht ich will nicht mit dem und dem ins Bett gegangen sein der Gedanke daran wäre mir widerwärtig ich hätte das nie getan wie sollte ich das dann zu meiner Erinnerung machen Position 6 Handschellen Fußfesseln Hundeleine ein Dutzend Klammern zwei Peitschen Gummihandschuhe sie sagt mein Körper hat das gemacht aber das ist vorbei ich sage aber ich werde gequält von dem

Gedanken das hafte deiner Haut an nur die ganz dunklen Stimmen oder Stellen im Text die ich mir kopiere ihr abhorche ist dann in dem Körper den ich kenne noch ein zweiter Körper wie er war und was er erlebt hat das ich nicht erlebt habe und darin ein dritter Körper so wie er tatsächlich ist wie ich ihn aber auch nicht kennen kann versteh mich nicht richtig.

Kopf schütteln bringt Blut Gehirn durcheinander daß keine Ordnung mehr drin ist wohin soll das Blut nun fließen was soll das Gehirn nun denken Geäder das über die Kopfhaut zieht durchschimmerndes Geflecht als könnte man die Wege verfolgen die das Denken geht Position 11 am einfachsten und am bequemsten liegt das Weib gegen rechts halb auf den Rücken gelehnt was wollt ihr mir sagen ihr kleinen Synapsen wenn ich doch elektrisch lesen könnte ich meine die elektrischen Ströme aus dem Stegreif entziffern könnte ohne erst diese unzähligen Nervenbahnen zwischenschalten zu müssen aber was wäre ich dann wer läse noch ein Mensch eine Maschine die elektrisch spricht Position 9 daß es dir wohltut bezeuge dein Wort das Keuchen des Atems sie sagt am Ende umfasse ich immer nur den Körper des Körpers des Körpers.

6. *Abwicklung einer Nervengeschichte*

Ob sie, das frage ich wenn sprechen, wenn Hörer abgeho-
ben sie am andern Ende das sobald, oder ein wenig Zeit,
nachdem ich Nummer hab gewählt, die ihre, so daß sie
dann spricht, nicht Namen sagt, sagt nur ein Ja, und noch
ein wenig hin und her, bis sie weiß wer, und ich weiß wer
da jeweils an dem andern Ende von der Leitung hängt und
spricht und hört, nämlich daß ich sie frag, ob sie geschlafen oder wach, dann ob sie abends etwas unternehmen
wolle mit mir, daß ich sie sähe, ein Gespräch, das dauert
und das führt zu nichts, beziehungsweise führt zu was,
falls sie den Vorschlag annimmt und nicht sagt, sie wolle
lieber ganz allein, oder mit andern Menschen abends sich
beschäftigen, daß sie mein Anruf störe nur, und Schluß.

Sie habe kurz zuvor sich hingelegt, nicht wirklich schlafen
wolle sie, nur sich ein bißchen ausruhen, da es letzte
Nacht sehr spät geworden, ihre Taktik sei, am Morgen
früh kurz aufzustehen, nach dem Frühstück sich gleich
auf dem Sofa hinzulegen und das Telefon neben das Kopf-
ende zu stellen, falls sie ein Anruf wieder wecke, brauche
sie dann nicht aufzustehen und in der Wohnung nach dem
Telefon zu suchen.

Es sei ihr recht, wenn wir am Abend später dann gemeinsam etwas unternähmen, so zum Beispiel draußen rum-

laufen durch Wasserlandschaft, wo die See-, wie heißen die, die Seerosen, ja -rosen meine ich, wie bei Monet auf seinen Gartenbildern, so verschlungene Natur, wie Sumpf, daß man bei Sonnenuntergang die grünen Blätter auf der Wasseroberfläche fast für Grasnarben schon halten könne, einen Schritt darauf, man sinke ein und sei schon bald ertrunken.

Es rauscht im Telefon, die Leitung ist gestört, dazu der Straßenlärm, ich frage mich, ob das, was ich ihr sage, die andere Hörmuschel erreicht, ob das System elektrischer Reizleitungen funktioniert, trotz Störungen im Apparat, die Ausrufe, Geräusche, welche ich zu hören bekomme, da ich nichts sehe am Telefon, von Nervenzelle zu Nervenzelle gefunkt. Eingebunden in eine Wasserlandschaft Gesprächssituation: oder ein Drahtgeflecht Wurzelwerk, das mich eingewickelt hat, so wie ich den ganzen Tag ans Telefon gebunden bin, auf ihren Anruf warte. Immer nur ums Telefon herumschleichen, wir kennen das schon ganz gut, glaube ich, nicht wahr? Der Draht des Telefons, auch meines, geht bis in ihr Haus, und wie er in der Wand verschwindet, kommt er andernorts wieder hervor, damit sie mit mir spricht, damit wir miteinander sprechen können. Mal reden wir dann beide gleichzeitig, eine Überschneidung von Gesprochenem und Gehörtem: sag das nochmal, bitte, ich habe dich jetzt nicht verstanden, weil ich auch gerade gesprochen habe, ins Leere, und nur das Telefon hat es gehört.

Auf einmal ist die Leitung unterbrochen, ich höre nichts mehr, warte, lege auf, es ist, als wäre das Telefonkabel zerschnitten, wie manchmal in Filmen, da wird das Kabel durchgetrennt, gerade wenn eine wichtige Mitteilung, ein Hilferuf ausgesandt werden muß, und dann ist man ausgeliefert, haut noch ein paarmal mit dem Zeigefinger auf die Hörergabel, wobei die Leitung erst recht unterbrochen wird, aber vielleicht ist man auch immer nur zu nervös, um das zu bedenken, dann ist man allein und weiß, es lauert jemand irgendwo, der weiß, daß man telefonieren wollte, der darauf achtet, daß man keinen Anschluß mehr bekommt.

Ob einen Stein geworfen hätte da ins Wasser ich fragt sie, die Spiegelbildlichkeit gestört, des Wassers Oberfläche Schnitt durch Wolkenbilder, collagiert, und aufgewühlt der Schlamm der färbt das Wasser schwarz wie Himmels Imitation. Ihr Schatten verläuft im Gestrüpp, verwischt, ihr Schatten gegen meinen.

Wir laufen durch das Laubwerk, sie sagt lange nichts, es ist, als wären ihre Lippen auf der Haut nur festgenäht, ich nehme ein einzelnes Komma an ihr wahr, ins Gesicht geschrieben, die Lippen fest aufeinandergepreßt, die schmale Trennlinie zwischen Ober- und Unterlippe nicht mehr zu erkennen, sie will nicht sprechen, steht nur da, ich sehe ihre schwarze Silhouette sich abheben vom Dunkelblau des Himmels, das sind Löcher, die in unseren

Wortschatz gerissen wurden, Krächzen Flüstern, ich bin nur ein Anhängsel ihrer Sprache, und ich frage mich, ob diese Blätter Zweige, die mir ins Gesicht herunterreichen, meine Haut berühren, etwas sagen wollen, ob ein Schlag mir ins Gesicht etwas bedeutet, doch ich kann nicht übersetzen, bin gefesselt an die Art, wie sie mit mir spricht, kenne keine andere Sprache mehr, ich habe mich verfangen im Geäst, im Wurzelgestrüpp, von Wasser glitschig, und schon hänge ich da irgendwo in einer Schlinge, ich gehe immer in die Falle, ganz langsam zieht das Pflanzenzeug mich zum Ufer, das sind Luftwurzeln der Seerosen, die mich zu Fall bringen, ich rutsche immer näher hin zum Wasser, tauche ein mit Armen Schultern Kopf verschwindet auch bald unter Wasseroberfläche, mitten in einen Satz gesprochen gesprungen, schließlich ist von mir nichts mehr zu sehen draußen an der Luft.

Nur ein enzymatologisch bedingter Verwirrungszustand, ich fresse Gras, ich fresse Erde, ich Wasserleiche, ich zwischen Grasnarben Holzresten erdvermischter Kloake, die Lungen ziehen ein und filtern alles prächtigerweise, sauberes Wasser wieder zum Vorschein, ich aufgeweicht aufgeschwemmt, ich inmitten von Strudeln zur Seite gerissen, auch mal an Steine angeschlagen mit dem Kopf irgendwo, weiß nicht, welche Lage, der Körper in Bewegung, und ob mal ein Fuß oder die Hand an der freien Luft, und jemand sieht oder ahnt oder assoziiert, was hier vor sich geht beziehungsweise schwimmt, oder schauen

Sie sich Antonionis kurzen Dokumentarfilm über Selbst-
mörder im Wasser an, ein Knacken im Kopf, Abbrechen
verschiedener Gedankengänge, ob das Wasser jetzt schon
bis ins Gehirn vorgedrungen ist, durch Ohren Rachen-
raum Stirnhöhle, ich schwimme, verfange mich da zwischen Wasserpflanzen Müll und Ästen, und dann hat jemand mich ans Ufer schon gezogen, hebt und senkt die
Arme mir, Klamotten durchgeweicht, ich kotze die ganze
Ophelia-Mythisierung mit aus.

Ein Kreislaufkollaps oder Atemnot, sie leistet erste Hilfe,
oder wer ist das, ich sehe nichts, die Augenoberfläche
noch veschleimt mit Lehm, ich kriege meine Lider nicht
mehr hoch, ein Wiederbelebungsversuch vor malerischem
Hintergrund, damit mein Herz (durchschnittlich 400
Gramm bei einem ausgewachsenen männlichen Menschen) wieder zu arbeiten beginnt, die Lungen auch, Bewegungen wie Wellen anschlagen vom See ans Ufer, wie
Luft ihre Wolken hier über den leblosen Körper zu treiben
hinweg sich Mühe macht, es beugt sich Dr. Benway über
mich, macht einen Einschnitt, sieht sich um und entdeckt
einen dieser Gummistampfer, mit denen man gewöhnlich
Toiletten bearbeitet, zwängt ihn in den Einschnitt und beginnt zu pumpen, daß ein herrlicher Sonnenuntergang,
nämlich alles in sachtestes Rot bald getaucht, ein paar
Spritzer verbleiben auf des Doktors Jacke, und meine
Kleidung rot und auch das Rasenstück, auf dem ich liege,
und das Wasser färbt sich langsam zartes Rosa, auch der

Himmel hat etwas davon schon abbekommen, unten Streifen Horizont, ich bin nicht abgesoffen, liege hier inmitten dieser Herzmassagen-Idylle und sage nichts, ein Rauschen nur, das aus den Lungen mir nach außen dringt, er atmet wieder, hören Sie, das Herz pumpt Blut durch die Gefäße, doch es ist nicht abzusehen, ob der Hirnbereich, der bisher für das Sprechen zuständig, noch funktioniert, das wäre dann nicht angenehm, da könnte er zum Beispiel nicht mehr telefonisch sich verständigen, bei offener Glottis.

7. Ein Selbstversuch mit dem Küchenmesser

K. kommt aus dem Café und versteckt sich, damit man sie nicht sieht. Nein, sie läuft unter den Arkaden entlang, um nicht vom hellen Sonnenlicht geblendet zu werden, verschwindet hinter einer Säule, kommt im schattigen Bereich, zwischen zwei Säulen kurz wieder zum Vorschein, bevor sie erneut verschwindet. Pulsader. Nämlich. Meine. Blubbert es vor sich hin, krik krak ein Körperkontakt, wo ich anfasse, wo ich in Verbindung trete mit dem, was in mir vorgeht. Es lassen sich verschiedene Arten und Vorgehensweisen der Hautbemalung -behandlung beobachten. Im Spiel von Sonnenlicht und Schatten entstehen Figuren auf der Haut, helle und dunkle Flächen wechseln einander ab: ein heller Balken quer über die Stirn hinweg, während der Rest des Gesichts dunkel bleibt (Tarnzeichnung), oder kreisrunde Flächen auf den Wangen (Indianer), die aber beim Gehen schnell von einer anderen Zeichnung abgelöst werden. Die Farbe wird aus einer Mischung von Asche, Wurzeln und Wasser angerührt. Man kann das Wasser aber auch unter Zugabe von Mehl erhitzen, wodurch die Haftfähigkeit auf der Haut bei Bewegungen verstärkt wird. Um ein Abbröckeln der Farbflächen, das durch Straffen und Faltenbildung der Haut verursacht werden könnte, zu verhindern, wird die Farbe unter kreisenden Bewegungen nur sehr dünn mit dem Finger aufgetragen, gerade soviel, daß sich gleichmäßig gefärbte Flächen ergeben, durch die die Haut nicht mehr hindurchschimmert. Hier zeichnet sich etwas ab, hier läßt sich das Pulsieren durch einfaches Handauflegen verfolgen, und meine Finger geben mir Nachricht: hier fließt es, hier macht sich das Blut bemerkbar. Also ist der Körper in Bewegung, hier läuft etwas ab ohne mein Zutun. Sie will nicht entdeckt werden, hält sich an die dunklen Stellen. Oder einfach nur ein schneller Wechsel von hellen und schattigen Flecken auf der Haut beim Laufen: Gesicht zweigeteilt in dunkles und lichtes Dreieck, quer über die Augen hinweg, dann heller Streifen auf den Augen liegend, dann obere Hälfte des Gesichts verdunkelt, wobei die Lider unwillkürlich zusammenzucken, weil sich die Pupillen nicht so schnell dem Lichtwechsel anpassen. So daß K. bis zur nächsten Schattenstelle einige Schritte wie blind zurücklegt, vielleicht sogar einen Arm unbewußt ein wenig anhebt, um Widerstände auszumachen, auf die sie treffen könnte, wie entgegenkommende Passanten oder eben eine der Säulen, an denen sie vorbeigeht. Schlag auf Schlag, beinahe hörbar: kennst du das Geräusch, das es macht, Klopfen oder Rauschen in den Ohren? Aber ich kann es nicht ausschalten, es verfolgt mich, ich verfolge es, das Geräusch läßt mich nicht in Ruhe. Wenn es wenigstens eine Zeitlang einmal aufhören könnte, damit es still ist. Das auf der Feuerstelle erhitzte Gemisch wird unter Rühren zum Kochen gebracht, bis es einen kräftigen weißen Farbton annimmt. Man läßt die Flüssigkeit abkühlen, bis sie ungefähr lauwarm ist. Dann wird das Weiß zügig aufgetragen, damit es erst nach der Bemalung völlig erkaltet und sich ein leuchtender Effekt auf der dunklen Haut ergibt. Die Farbe läßt sich mit kaltem Wasser jederzeit abwaschen, sie ist ungiftig, daher auch für Kinder geeignet. K. tritt aus dem Schutz des Schattens auf die Straße. Sie hat vielleicht ihre Sonnenbrille vergessen, hält die Hand schirmend vor die Stirn und senkt den Kopf ein wenig beim Weitergehen, um die Augen nicht den direkten Sonnenstrahlen auszusetzen. Die Abstände zwischen den einzelnen Schlägen verändern sich, beim Einschlafen merke ich, wie das Blut langsamer läuft, bevor sie zur Tür hereinkommt läuft es schneller: in manchen Situationen ist es, als gingen die vielen Informationen, die mir mein Körper üblicherweise in kleinen Dosen gibt (und immer wieder dasselbe Wort), über in eine große, andauernde Nachricht, eine durchgängige Geräuschüberflutung. Als sei es so dringend, daß ich endlich entschlüsselte, endlich verstünde: es handelt sich nicht nur immer wieder um dasselbe Wort, es gibt etwas, das ich herauslesen soll. Ein klägliches Bild geben vorher kunstvoll bemalte Körper, die unter freiem Himmel von einem plötzlichen Regenguß überrascht wurden: die mit Wasser vermischte Farbe läuft in Rinnsalen an Armen, Beinen und Rumpf herab. Hat sie sich nun verstecken wollen und meint, es sei ihr gelungen, einen möglichen Beobachter abzuhängen, so daß sie nun auf der offenen Straße weiterläuft, ohne sich beim Verlassen der Arkaden auch nur einmal umgesehen zu haben? Flüchtet man sich ins Trockene, ohne die Farbe abzuwaschen, bleibt nach dem Trocknen ein fast gleichmäßiger grauer Schimmer auf dem Körper, der nur an manchen Stellen von senkrechten weißen Spuren überzogen ist, geblieben von den vorherigen Rinnsalen. Und nun geht es ohne dieses Verstehen nicht weiter, was hat das Blut zu berichten, der ganze Körper. Während ich mich auf irgendwelche Veränderungen zu konzentrieren versuche, auf sinnvolle Abläufe, ohne aber zu einem Schluß zu kommen, steht K. plötzlich vor mir, fragt mich etwas und ich rede auch, das Blut beruhigt sich, und ich kann ihm nicht länger folgen.

Vielleicht hat das Blut auch aufgegeben, weil ich nichts verstand, bis zum nächsten Mal, wenn mich das hämmernde Pulsieren wieder nach einer Antwort, einer Reaktion suchen läßt. Nicht, daß sie dann in der Menschenmenge verschwindet. Nicht, daß sie abhanden kommt. Die Zeichnungen werden mit äußerster Präzision angefertigt, der Bemalte hält während der Prozedur still, um die Striche nicht ungerade werden zu lassen oder die bereits vorhandene Zeichnung zu verwischen, der Bemalende faßt dessen Hinterkopf und führt die Zeichnungen mit der freien Hand aus. So hat er zum Malen einen annähernd festen, wenn auch nicht ebenen Untergrund. Ob ihr Gesicht geschminkt ist, läßt sich nicht ausmachen, jedenfalls ist keine auffällige Färbung der Haut festzustellen, die leichte Bräune rührt wohl eher von der Sonne her. Aber jetzt bin ich allein damit, höre es ganz allein, denn das kann sicherlich niemand hören außer mir. Es wäre schlimm, wenn K. zum Beispiel sagte: merkst du nicht, dein Blut will dir etwas mitteilen, hör doch einmal zu, es will, daß du das und das tust. Oder: beruhige dich, das Pulsieren deines Blutes höre ich ja bis hierhin. Als sie an einer Hausmauer einen Zigarettenautomaten entdeckt, bleibt sie stehen und sucht mit der Hand in der Hosentasche nach Kleingeld. Sie wirft einige Münzen in den Automaten und drückt eine Taste, ohne lange zu wählen, entnimmt dann die Schachtel Zigaretten und steckt sie, den Weg fortsetzend, in die Jackentasche. Sie hätte sich auch im Café Zigaretten ziehen können. Die genauen Bedeutungen der verschiedenen Gesichts- und Handbemalungen konnten bisher nicht geklärt werden. Das ergibt sich zum einen aus sprachlichen Schwierigkeiten: zwar läßt sich beobachten, daß bestimmte Zeichnungen zu bestimmten Anlässen getragen werden, ob sie aber jeweils besondere, vielleicht symbolische Bedeutungen haben, oder ob sie eher nur dazu dienen, die Aufmerksamkeit auf bestimmte Körperstellen wie Gesicht und Hände zu lenken, besonders auf wichtige Körperstellen auch in bezug auf kommunikatives Handeln, vermag man noch nicht zu sagen. Großartiger Zeichenvorrat, von dem ich keine Ahnung habe, der nur dazu dient, mir etwas mitzuteilen, ohne daß ich wüßte, worum es geht. Aber der Körper hat seine eigenen Zeichen, er konventionalisiert eine Sprache, ohne mich weiter zu fragen. Also bleibt mir nur Horchen, oder ich müßte nachsehen, was vorgeht. Vielleicht stellen aber die Körperbemalungen in ihrer Bedeutsamkeit einen Zwischenbereich dar, so gesehen, daß sie einerseits symbolische Bedeutung haben oder haben können, wobei die Kreise auf Handfläche und -rücken zum Beispiel die Sonne symbolisieren könnten, daß aber gleichzeitig die Farbpartien auf die für die Kommunikation wichtigen Körperteile und -stellen hinweisen sollen, ihre Erscheinung deutlicher machen, so daß zum Beispiel bei starker Umrandung von Augen oder Mund die Aufmerksamkeit auf deren Bewegungen, auf den Blick und das Sprechen gelenkt wird. Jetzt nimmt sie die Schachtel heraus und reißt das Cellophan ab. Sie nimmt eine Zigarette zwischen die Lippen, läßt die Schachtel wieder in der Tasche verschwinden und fingert aus einer anderen Tasche ein Feuerzeug heraus. Haben andere Menschen den Code schon entschlüsselt? Ist K. in der Lage zu verstehen, was gesagt wird? Es ist möglich, daß ich nur noch nicht dahinter gekommen bin, und daß das Blut darum umso heftiger pulsiert, weil ich nicht richtig höre. Sicher ist, daß der Gesichts- und Körperbemalung keineswegs nur eine dekorative Bedeutung zukommt. Wandert ins Zeichenartige, aber nur halb. Aber nur halb nachvollziehbar. Sie braucht mehrere Versuche, bis der Tabak endlich brennt, weil ein leichter Wind die Flamme des Feuerzeugs immer wieder ausbläst.

Krik krak in Umlauf, Schläuche, gefüllt mit Flüssigkeit, spürbar unter der Hautoberfläche und wo sie wieder im

Körper verschwinden. Sie zieht an der Zigarette, nimmt sie zwischen Mittel- und Zeigefinger und läßt den Rauch zwischen den Lippen, die dabei seltsam entspannt hängen, hindurch entströmen. Auch Verknotungen, wo die Schläuche aufeinandertreffen, sich kreuzen. Es lassen sich verschiedene Zeichnungen beobachten, zum Beispiel: je ein großer kreisrunder Fleck auf Handrücken und Handfläche, dazu die Außenseiten der Finger mit Strichen versehen, die an den Fingernägeln enden. Eine andere Art der Bemalung zeigt einen weißen Punkt nur auf dem Handrücken, und die Finger sind jeweils mit einem kleinen Querbalken an der Fingerwurzel geschmückt. Statt der einfachen kreisrunden Fläche auf dem Handrücken findet man auch ein etwas komplizierteres Muster, das aus einem Karo besteht, an dessen Kanten sich in geringem Abstand T-förmige Balken anschließen. Dann gibt es die Stellen, wo man das Blut ganz nah spürt, wo es ganz einfach ist, einen direkten Kontakt herzustellen, durch Kratzen mit dem Fingernagel, durch Zusammendrücken der Ader oder auch durch Verwendung kleiner Werkzeuge wie Taschenmesser, spitze Steine, scharfkantig abgebrochene Holzspäne, mit denen man die Oberfläche durchstößt, um bis zum Blut vorzudringen, das dann, je nach Größe des Loches, mehr oder minder stark hervorquillt. Doch schon nach einigen Zügen läßt sie die halb gerauchte Zigarette fallen und tritt im Weitergehen darauf, ohne daß der Stummel ganz erlischt. Vielleicht nur eine Spur Blut, die sich über die Haut hinzieht und nach einmaligem Verstreichen mit den Fingern bereits geronnen ist, ein wenig klebrig auf der Haut, oder ein kleiner Fluß, der erst nach einigen Augenblicken versiegt. Da hat sich dann schon eine Lache Blut in der Handfläche gebildet, sofern man nichts verschüttet hat, auf den Boden hat tropfen lassen, wo es vielleicht noch vom Teppichboden widerscheint. Während K. sich entfernt, steigt vom Pflaster noch eine schmale Rauchsäule auf. Krik krak: es kommt jetzt schnell, sei vorsichtig, damit nichts verlorengeht, beeil dich, bist du auch soweit, also hier leg deine Pulsader an meine. Läuft es hinüber in den anderen Blutkreislauf, weil man Blutsbrüderschaft herstellen will, daß da etwas fließt von mir und sich vermengt und umgekehrt. Oder mit Rändern unter den Augen, weil sie in der letzten Zeit wenig geschlafen hat. Sichelmond der Körperbemalung, sie reibt sich die Augen. Da es von den verschiedenen Zeichnungen keine Abbildungen gibt, läßt sich nicht nachprüfen, ob die Zeichnungen sich nicht vielleicht im Laufe der Zeit verändert haben, ob zum Beispiel nicht aus ehemals darstellenden Zeichnungen im Laufe der Überlieferung abstrakte Zeichen geworden sind. Pulsader. Nämlich: meine an deine angeschlossen, es handelt sich im Moment um nur einen Blutkreislauf, stellt dir das vor, Transfusion und alles. Schwärzung der Lidkanten hier ist die Naht, Aufundabbewegen der schwarzen Linien, Augenschließen. Das heißt. Das bedeutet: hier sieht man. Wie sie am Morgen vorsichtig die Linien zieht, und vielleicht am Abend wieder, mit dem Stift. Jetzt bin ich allein damit,

Pulsieren folgt mir durch alle Zimmer, und ich kann nichts davon abgeben, Herzschlag lauert mir auf, wohin ich auch gehe. Als Trauerkleidung wird der gesamte Leib mit Lehm beschmiert, der nach dem Trocknen einen festen grauen Überzug bildet. Läßt sich anhalten, lahmlegen vielleicht, mit den Fingern der linken Hand auf das rechte Handgelenk Druck ausüben. Die Ader tritt hervor aus dem Fleisch, bläulich läuft die Hand an, aber ich muß am Ende ja doch loslassen, und das Blut nimmt seinen Weg. Vor dem Spiegel fällt ihr ein, wen sie noch dringend anrufen muß, darf es auf keinen Fall vergessen, wartet auf ihren Anruf, aber während des Schminkens hat sie keine Lust, zum Telefon zu laufen und den Namen mit dem Kuli auf einen Block zu schreiben, also die wenigen Buchstaben mit Kajal gleich auf den Spiegel und den Namen dann später nach dem Telefongespräch mit Wasser oder Speichel verschmieren, es quietscht, als sie mit dem Finger über das Glas wischt, und die Schrift verschwindet. Wenn einer der Angehörigen stirbt, schlagen sich die Frauen einen Finger ab, um ihre Trauer zu zeigen: das zeigt, daß den Fingern und ihrer Bemalung Zeichencharakter zukommt, in diesem Fall bedeutet das Fehlen eines derselben ein bleibendes Zeichen für den Verlust eines Menschen. Gewöhnlich schlägt man den halben Finger ab, zuweilen aber auch den ganzen Finger, wobei dann eine Handbemalung gezwungenermaßen auf Handfläche und -rücken beschränkt bleiben muß. Nahtloser Übergang zur Namensgebung, zur Nennung, sie hat ihn im Kopf und braucht ihn nicht mehr schriftlich. Oder wenn sie in den Regen kommt, verschmiert ihr das Schwarz im Gesicht, dunkle Rinnsale laufen die Wangen hinunter, mit dem Handrücken wischt sie darüber hinweg. Wenn ich in der Küche mit dem Messer hantierte, der Haut nur einen kleinen Riß beibrächte, die Ader nur einen Spalt weit öffnete: schnell strömte das Blut hervor, tropfte auf den Fußboden, einen immer größer werdenden Kreis bildend (Zeichencharakter?), Blut liefe auch am Arm hinunter, an der Hand, Linien entstünden, breitere Streifen, wo es sich sammelte. Wollte es mir auf diese Weise etwas mitteilen, Zeichen werfend, daß ich endlich verstünde, was es mir zu sagen hat?

8. Beauty And The Beef

Es ist dann nur das Fleisch das sie noch sieht gesehen hat
und dazu JUST MY IMAGINATION unter Umständen ist dies
die tödliche Kombination VIER PERSONEN und dessen an-
gefragt ob sie da jemanden gespannt zweimal zwei Abende
weil ich gemerkt daß ihr Verhalten sich geändert habe
gleich nachdem sie den bemerkt sie reagiert nur etwas
sauer fast und keine Antwort sonst man fragt sich heißt es
hier in Folge ob man da Beobachtung gemacht geheim und
automatisch fast da ich bemerkt daß sie ganz anders sich
benahm beim Rauchen Trinken Sprechen dann vielleicht
ist auch (das Oder jetzt) daß ich mir ausgedacht gemeint
und war nichts zwar doch habe ich ein solches (nur Bewegungen so kleine die verändert und die Stimme Blick der
geht auch ab und zu nach hinten weg) nämlich festgestellt
an ihr was sonst nicht war ZWEI PERSONEN der grüne Ge-
witterhimmel exakt ich sage nur LIFESTYLE permanent
überfallen mich die Dinge und die Wörter es ist zum sich
die Augen ausstechen lassen Ohren abbeißen – schneiden
aber dann gehts oben weiter im Hirn da kann ich mir auch
so einiges vorstellen was ich mir nicht vorstellen will oder
daß ich schon bald durchdrehe wenn ich in ihrer Gegen-
wart jemanden mit nackten Füßen sehe das bringt die Maschine in Gang darauf hinzuweisen wäre daß ich als
Mensch als Tier als Stück Dreck als Wasserlache nun Dr.
Benway jetzt Heilpraktiker und Hermeneut zu Rate zie-

hen DREI PERSONEN ich sage sie achtet jetzt stärker darauf daß sie etwas allein unternehmen kann ein Ausbalancieren der Distanz sagt sie ich muß jetzt aufstehen der Mensch ist nur Resultat eines beständigen Hitzegrades und ist es nicht so

und ist es nicht so daß

und ist es nicht so daß es doch leicht geschehen könnte daß diese notwendig beständige Temperatur über- oder unterschritten wird der kleinste Anlaß Erfrieren im Eismeer oder in der Sauna Kreislaufzusammenbruch und Schluß plötzlich weggekippt halten die Bestandteile deines Körpers nicht mehr zusammen Student zerfiel im lacuzzi und war beziehungsweise ist das Bett in dem ich schlafe lassen wir und war beziehungsweise ist Musik die mir zu hören meine Ohren angeboten und VIER PERSONEN der kreuzt hier öfters auf hängt auf dem Sofa faßt sie an nein sie faßt ihn ist jemand anderes das hab ich mal gesehn noch jetzt wie kann man das wen anfassen den man schon mal ganz anders nämlich ganzer Körper eins und ganzer Körper zwei auf ganzer Fläche sich berührt der Schweiß die Wärme Laute alles da dies Scheißgerät ein Körper ja und irgendwie die Schulter ihm das Knie mit Hand die sind vernetzt kapierst du nicht die sind doch einfach so vernetzt Erinnerungen alles was der Körper wieder aufruft an Strukturen im Gehirn das weiß der doch da blitzen im Gehirn so ein paar Zellen ihre Ladung ab und treten in Verbindung gleich das ist doch da du kannst mir doch nicht sagen daß der Körper da nicht reagiert so wie er

schon und mehrmals hat FÜNF PERSONEN doch wie gesagt
der andere der faßt sie an umarmen alles klar so freund-
schaftlich paß auf mein Freund sonst schlage ich dich
krankenhaus- so reif dafür das ist nämlich die einzige Methode um den Körper so zu irritieren daß die zuvor in
Kleinarbeit errichteten Strukturen aufgebrochen werden
daß wenn aus dem Koma dann erwacht er nicht mal mehr
zu sagen weiß wie sie geheißen hat bevor ich ihn und so
sein Körper selbst zusammenbrach SECHS PERSONEN was
sonst und Blut und die Geräusche die man macht und die
Geräusche die es macht und jemand den sie angehimmelt
jahrelang und Briefe ausgetauscht und was weiß ich die
Blicke die ich jetzt noch Jahre später einfach tilgen wollte
nämlich ihm die Augen aus wenn ich ihn seh man wollte
nur von Dingen nicht probieren nicht begegnen wem und
welches Kino kann ich noch betreten welche Kneipe wo
sie nicht mit anderen gewesen und im Kopf ihr diese Bilder
ich nicht kenne total verknallt total besoffen dann mit dem
nach Haus gegangen SIEBEN PERSONEN oder wer heute
noch Anzüglichkeiten sonstwas Briefe schreibt und sie erzählt da jemandem und schaut mich von der Seite an und
lacht sie war bei einer Fete da Afghanen schwarzen weißen
sie geraucht den gab es da und Wein dazu sonst nichts und
habe nur bei jemandem am Sensemilla mal gezogen ab und
zu wer war das wann erfahre nicht und später dann im
Taxi einen Schuhkarton gleich vollgekotzt verstehen Sie es
sind so schwarze Stellen da und flimmern mir vor Augen
ich finde eine Karte Post auf der ein andres Arschloch sie

mit Anspielungen auf sein Vorgehen in Zukunft grüßt SECHS PERSONEN empfangen wen am Morgen schon das halbwegs offene Hemd an dessen Seite ihre Haut zu sehen ihre Brust versauen mir den Tag was heißt das abgeschleppt was heißt das jemand saß vor seinem Bett bei Nacht in dem sie lag und schaute an bis sie dann zufällig erwachte was geschieht danach das bleibt dem bißchen Phantasie das gleich zu arbeiten beginnt wenn jemand meint es habe einen schwarzen Fleck gegeben einen Schnitt wo sie nichts weiter mehr erzählt bricht ab sie überlassen Todesstreifen ich betrete das Gebiet so wie ich weiß daß sie das vorgesehen hat zu tun wo ich an Schnittstelle Erzählung fortgeführt und bald tatsächlich auch Gesagtes nun ersetze wie es paßt in Fortgang der Beschreibung den ich liefere im Kopf ich denke alles nur zu Ende dann ist Schluß FÜNF PERSONEN daß nun abstoßendes Gefühl bei jedem Denken an Berührung mit denjenigen die sie berührt wie sie das hat und kennt schon länger da nichts mehr damit zu tun und nun da sie das hinter sich erneute wenn auch andere Annäherung zum Beispiel daß sie gar nicht merkt daß der und der ihr an die Wange faßt in meinem Beisein aber ich es reicht ja schon wenn sie die Zigaretten kauft die sie geraucht mit dem und dem und ich dann auch ein Kleidungsstück das sie von dem und jetzt getragen Zeichen ist für mich katastrophal die Zeichensetzung ja ich hab Condome hier die sind schon alt nicht aufgebraucht die Schachtel letztes Jahr niemand der diese Zeichen sieht nur ich und greife meinen Puls man wollte nur von Dingen nicht probieren VIER PERSONEN und welche Wörter hat noch niemand je von ihr gehört und welche sie von niemandem die Buchstaben sind alle schon verseucht und Dr. Benway mir den Rat umzumontieren diese paar Versatzstücke die Story ähnlich so wie sie erzählt die Story einfach zu zertrümmern daß wo immer ich den Ansatz zu Vermutungen von Körpern zu Verknüpfungen der Körper untereinander schneiden Sie Verbindung ab die Ader auf und lassen nur das Blut ein paar Minuten so in alle Richtungen die dumme Schrift DREI PERSONEN wir treffen den im Kino im Café zu Hause auch oder sie schleppt mich dann zur Vernissage so lauter Nacktfotos von wem der hat sie angefaßt mit Mund und was weiß ich noch allem doch sie sagt da habe sie dann zwischendurch als das geschah nach Hause schnell gemußt und später sich mit Handschlag von verabschiedet als wenn mir das jetzt hier in meinem Kopf nicht doch ein Rappeln gäbe daß Enzyme eine Flut davon ergießt im Hirn und schwappt von einer Seite so beim Laufen zu der andern daß ich etwas denken aus wovon ich nichts gesehn ein Sekt ein Keks wir reden dann ein bißchen auch mit dem ich bin so freundlich doch ich will daß jeder weiß daß ich nicht weit davon entfernt drei vier Personen stracks den Hals so umzudrehen daß es kracht und ohne Wimpernzucken täte das Kanäle abgedreht Verbindungen laut Ratschlag abgeknickt wenn ich nicht selber anfassen diejenigen die abschußreif mit meinen Fingern so wie sie es tat und gleich mir auch die Bilder dann wie ihr im Kopf das heißt die Haut ist so und Stop-

peln Bart ist weich ist rauh und fettig trocken oder was
auch immer und das will ich nicht weil dann vor allen die
gesehn was ich soeben da vollbracht (Genick zerkrümelt)
genau mit eben jenen durch den Ausfluß von Enzymen
aufgebauten Mustern mich herumzuschleppen hätte davon sie gesagt sie wolle nicht mehr haben hätte nicht im
Kopf schon lange mehr und so die Muster nur den Kopf
gewechselt nichts sonst statt ihrer sei nun meiner stets damit belastet daß ich wisse wie sich der und der und dessen
Haut anfühle wie keuchen der wie Speichel laufen lassen
mir auf Hand ZWEI PERSONEN sie ist noch nie aufs Män-
nerklo gegangen

9. Sort/Los, 16. Mai 1939

Antonin Artaud Sort/Los, 16. Mai 1939, beschriebenes
kariertes Blatt Papier, mit violetter Tinte, mit violettem
Tintenstift und Farbstiften bekritzelt, gefaltet, angesengt
die Ränder, dann Löcher eingebrannt nach der Beschriftung, ich weiß nicht, was da steht, ich kann es nicht entziffern, sehe überall die Schrift. Auch des Französischen
nicht mächtig, nur ein paar Wörter, die ich kenne. Die
Briefe werden aufbewahrt in Winkeln, entlegenen im
Zimmer, denn sie können nicht immer zugestellt werden.
Artaud schreibt Zettel, gibt sie Überbringern, die sie vielleicht behalten, oder Empfänger sind nicht mehr erreich-
bar unauffindbar, die Blätter liegen in den Schränken,
unter den Hemden Socken Krempel, Artaud hat die Da-
tierungen verändert oder ganz gestrichen. Ich bin derje-
nige, wenn ich es sage, ich bin Artaud, sofern ich von ihm
spreche, ich seinen Namen nenne. Er schreibt: ich bin,
und wenn ich es sage, wie ich es sagen kann, so wird man
auf der Stelle meinen jetzigen Körper zersplittern. Bruchstücke dann und Abkürzungen, welche wir meinen lesen
zu können, K. oder er hat Stücke aus der Wand herausge-
brochen, mit Fingernägeln die Verputzung abgekratzt,
mit Fingern Wörter rausgebrochen, die da geschrieben
standen auf dem Putz, sind Fetzen nur von Wörtern noch,
die wir nicht kennen, nicht sprechen wollen, die unserem
Wortschatz fortan fehlen. Ich fahre mit der Hand am

Haaransatz entlang, an ihrem oder seinem, daß eine Hautzeichnung entsteht, wo Blut sich sammelt, unter dem
Druck der Fingerkuppen, niemandem ist der gegenwär-
tige Verbleib dieser Person bekannt.

Artaud und ich, wir sitzen auf dem Bett in seinem Zimmer, auf seinen Knien liegt ein Stück Papier. Er hält den
Fetzen fest mit einer Hand, um mit der anderen Hand darauf zu schreiben. Die Unterlage ist zu wacklig, er muß mit
seinen Fingern das Papier umklammern, damit es nicht
beim Schreiben zwischen seine Schenkel rutscht, beim
Kritzeln mit Buntstiften, die er wieder und wieder mit fe-
stem Druck über das Blatt reibt, damit darauf am Ende
eine deutliche Färbung erscheint. Wir sitzen mit dem
Rücken zur Tür, den Oberkörper über das Papier gebeugt, Artaud starrt auf die Zeichnung, er zieht die
Brauen zusammen, Schatten des Kopfes wird aufs Blatt
geworfen. Sobald er etwas hört von draußen, Schritte auf
dem Flur, horcht er kurz auf und unterbricht den Schreib-
vorgang, bis das Geräusch verklungen ist. Wir setzen seinen Namen unter die Beschriftung auf das Blatt und legen
das nun farbige Papier auf die Matratze. Artaud holt aus
der Tasche eine Packung Zigaretten, die ist zerknittert,
weil wir letzte Nacht im Hemd geschlafen, auf dem Bauch
gelegen haben. Zwischen Matratze und Bettrahmen
klemmt eine Streichholzschachtel, Artaud zündet uns beiden eine Zigarette an, dann läßt er sich nach hinten fallen,
auf das Bett, zieht Rauch ein, der dann zur Zimmerdecke

aufsteigt im fahlen Sonnenlicht, das durch die dreckigen Fensterscheiben gefiltert wird. Als er sich wieder aufrichtet und auf der Bettkante sitzend nach der Zeichnung fingert, erkenne ich auf seinem Rücken Falten, die der Hemdstoff im Liegen geworfen hat: horizontal und vertikal einander kreuzende Linien, ein unregelmäßiges Muster. Wir haben bisher nicht gesprochen, doch jetzt sagt er wie aus dem Satzzusammenhang gerissen: und dieses Los wird nicht widerrufen werden, und es bricht jede Verzauberung. Wir geben später diesen Brief jemandem vom Pflegepersonal, doch er kann seinem Adressaten nicht mehr ausgehändigt werden, da er bereits vor nun genau zehn Jahren und drei Monaten verstorben ist.

Ein Stapel solcher Briefe liegt am Boden, ist aus dem Schrank gefallen, als ich Kleidung herausziehen wollte. Sie fragt, ob sie mir helfen solle beim Zusammensuchen, Fetzen Papier sind aus dem Textgeflecht gefallen, es gibt da keinen Halt mehr, ich weiß auch nicht, was das für unbekannte Briefe sind. Ich sage zu ihr: dies sind Stellen aus fremden Texten, die in meinen Text hineingreifen, die mich überfallen, sie greifen mich und meinen Text an, der mit den anderen Texten verwoben ist. Ich weiß nicht mehr: welche Geschichte soll hier denn abgewickelt werden, das Wort, die Phantasiezunge ausreißen, den Atem anhalten beim Lesen, daß nichts von fremder Sprache eindringt in meinen Körper, durch den Mund, die Nase, um sich als Virus einzupflanzen und durch die Lungen in die Blutbahn zu gelangen.

Rauschschwaden ziehen über den Filmhintergrund hinweg, Artaud erscheint im Vordergrund, nur sein Gesicht, die Lippen formen Laute, doch wir hören nichts, ein Stummfilm, nur die Muskeln im Gesicht verziehen sich. Sie sagt: ein schöner Mann, doch später dann, auf Fotos aus den Vierzigern, nach Anstaltsaufenthalten das Gesicht. Der Schauspieler, Körperbeweger, der jeden Muskel kontrolliert: am Ende ausgezehrt, bleibt keine Kraft mehr, nichts spielen, nur noch schauen, daß der Körper halbwegs funktioniert. Doch ist er dann noch aufgetreten, sie sagt: von dieser unbekannten Stimme möchte ich gerne Tonaufnahmen hören, die Stimme, nicht der Körper ist geblieben.

Wir sind in einer Irrenanstalt, doch dieser Traum eines Wahnsinnigen wird sich erfüllen, und er wird sich durch uns erfüllen: unlesbar ist die Schrift auf diesen Blättern, ist das seine, ihre, meine? Was sammeln wir für Zettel, Briefe, die wir nicht abgesendet haben, in den Schränken? Wir haben bisher diesen Traum des Wahnsinnigen noch nicht erfüllt: auch nur die kürzeste Notiz aus diesen Stapeln zu verbrennen, die Einkaufszettel, Telefonnotizen. Wir sind nicht in der Lage, etwas vom Geschriebenen zu vernichten, und wenn wir einmal etwas anzünden, so haben wir an anderer Stelle den Inhalt dieses

Briefes schon notiert. Warum kann nichts vom Text verschwinden, warum darf uns an Wörtern nichts verlorengehen? Verschiedene Schattierungen von Schwarz entstehen sehen, die Schrift unlesbar machen, Ruß, wie das Papier zerfressen wird. Die Ränder reißen ein und falten sich nach innen, bis dann ganz schwarz oder auch grau nur Asche bleibt und Fetzen, die sich atomisieren in der Hand.

Es wäre in dem Text dann eine Stelle offen, bald hätte auch der Rest Feuer gefangen, wir atmeten den Rauch und krächzten und husteten, wir könnten nur noch stammeln. Wir hätten eine Sprache hinter uns gelassen und sammelten noch letzte Wörter, Wörter mit Haut: Hautritzungen, Sprachhäutung. Wir müßten uns den Ruß vom Körper wischen, einander das Gesicht abwaschen, damit die Haut unter dem schwarzen Überzug erneut zum Vorschein käme, uns so einander wieder in die Worte helfen, die Kleider, nach der Sprachverwundung.

Artaud und ich, wir wüten im Beisein eines Pflegers: hat man uns einen Brief abgenommen? Ist das an Reichskanzler Hitler adressierte Los nicht zugestellt worden? Artaud schlägt mit den Armen um sich, ich wundere mich, woher dieser so schmächtige, schwach wirkende Körper auf einmal solche Kraft hernimmt. Der Pfleger hat Mühe, die Patienten ruhigzustellen, und steckt auch einige der ziellos scheinenden Schläge ein, die wir austeilen. Ein zweiter Pfleger kommt zu Hilfe, bindet uns in Zwangsjakken, sie führen uns mit auf dem Rücken verknoteten Ärmeln in unser Zimmer. Da ist nach unserem Kampf ein Stück Papier auf dem Flur liegengeblieben, ein unscheinbares zerknülltes Blatt. Bemalt beschrieben? Nein, es scheint sich lediglich um Abfall zu handeln, denn das Papier ist an den Rändern angebrannt, auch Löcher sind darin, von Zigarettenglut zerfressen.

Man hat die Zwangsjacke nicht aufgeknöpft, die Arme auf dem Rücken zusammengebunden, sitze ich auf dem Bett. K. kommt herein, hält in der Hand ein Stück Papier: das fand ich auf dem Flur, ist es von dir? Ich sehe aus wie sie, ich bin Artaud, sie klemmt mir eine Zigarette zwischen meine schmalen Lippen. Jetzt kann ich den Mund nicht mehr öffnen, dann fiele mir die Zigarette in den Schoß. K. liest mir vor, was auf dem Zettel steht: sind Sie auch solch ein Nachmacher, wie ich ein Nachmacher bin? Fast immer ist es die Lektüre, die mich dazu bringt, selber etwas zu schreiben. Es genügt teilweise schon, daß ich ein Buch sehe, ohne es zu lesen, dann will ich auch solch ein Buch schreiben. Ich habe schon daran gedacht, mir eine solche Erzählhaltung zuzulegen, sie als parasitäres Schreiben zu bezeichnen, die Gattung der literarischen Nacherzählung zu üben oder zu erfinden, sofern sie nicht bereits erfunden ist und ich so wieder nur etwas Erfundenes imitierte. Sie fragt: ist das von dir? Hast du das auf dem Flur verloren? Ich kann nicht antworten, ich mache Zeichen mit den

Augenlidern, wie viele Augen, Ohren, Münder hat der Mensch? Wie viele Sonnen sehe ich? Und ihre Stimme und die Zeilen, die sie las, fressen sich mir in die Sinne, ein Abklatsch: das Papier wird eingetaucht in eine Lache, durch Farbe gezogen. Verschleierte Stimme, denn ich kann nicht antworten, bevor sie mir die Zigarette abnimmt, das dient nur zur Verwirrung, sie schaut in meine Augen, auch die machen nur nach, was andere schon gemacht haben, nämlich sich bewegen, und doch verständigen wir uns auf diese Weise.

Es ist mir auch möglich, in einer fremden Gestalt zu erscheinen oder in den Körper einer anderen Person zu gelangen, um sie nicht unbehelligt zu lassen, damit ihr niemand anderes so nah sein kann wie ich, der ich ihre Gestalt angenommen habe. Und ich benehme mich wie K., ich sage nichts, sie wartet noch, daß ich antworte, sie hält das Blatt Papier, steht da sonst nichts? Ich werde meinen Körper bei lebendigem Leib durchbohren lassen und das Mark durchstechen, dann bin ich niemand anderes mehr als Artaud, als K.

Ich trage die freundlichen Selbstmordaugen Artauds, wie K. sie nennt: ich sehe, wie er mich anschaut von einem Foto, ich komme durcheinander mit den Zeiten, den Personen und den Augen: wo ist er jetzt, bleibt er in Behandlung? Liegt er im Bett, Beruhigungspillen? Und wie sie mich hier sitzen sieht, an diesem Los / Kapitel schreiben, und liest was da geschrieben steht, fragt sie: soll ich das für dich erledigen, das Anbrennen, Einreißen dieser Aufzeichnungen, der Augenzeichen? Artauds verbranntes Stück Papier hat mich zu diesem Text getrieben.

Artaud sitzt draußen auf der Parkbank, mit Schal, schiefgewickeltem Mantel. Er sticht sich mit einem Bleistift zwischen Rückenwirbel, um Schmerz zu lindern im Nervengerüst. Nicht mehr schreiben oder zeichnen, der Stift wirkt direkt ein auf diesen Körper. Spaziergang durch den Anstaltspark, zu schwach nun, sich ausruhen, auf die Bank gesetzt, die kalte Herbstluft, schneidend, die Zigarette fängt erst gar kein Feuer, dann steht er wieder auf, schlägt seinen Mantel vorn zusammen, von dem die Knöpfe abgesprungen sind, ich weiß nicht wann. Er schlurft in Richtung Eingang, die nur an der Spitze angeglühte Zigarette bleibt unter der Parkbank liegen.

Wir lassen unseren Blick wandern über das Los, das uns Artaud geschickt hat, die unterbrochenen Wörter, wo die Löcher sind, die den Blick freigeben auf die Innenseite der umgeklappten Hälfte dieses Faltblatts, wo wiederum nur Wortfetzen erscheinen, Spaziergang durch die Schrift, doch hat er Fallen ausgelegt, Verdunkelung einzelner Textpassagen. Er schreibt, er habe nach Verlassen dieser Anstalt einen Vortrag noch gehalten, zahnlosen Mund geöffnet und geschlossen, sich eine Strähne aus der glatten Stirn gestrichen, damit sie ihm den Blick auf das Vortragspapier nicht verschleierte, da ohnehin um Siebenundvierzig sein Blick kaputt gewesen sei.

Mir liegt daran, ihr einen bestimmten Text zu eröffnen, und daß sie die erste ist, die ihn liest, damit sie es mir gegenüber wagt ... Sie schaut mich an und sagt: ich werde jetzt eine Zigarette rauchen und dabei an dich denken. Ich nehme ein Blatt von dem beschrifteten Papier und brenne mit der Zigarette Löcher hinein. Dann gebe ich dir das Los, und du trägst es auf dem Herzen. Im Fall der Gefahr berührst du dein Herz mit Zeige- und Mittelfinger der rechten Hand, und das Los wird aufleuchten. Du wirst vor deinen Feinden sicher sein. Sie nimmt das Blatt Papier, ich sehe nur die glühende Spitze ihrer Zigarette.

10. *Extreme Rituale*

Wir sprachen darüber neue Körperlichkeit ist alles nicht
so einfach also stellen uns vor allein so eine leichte Ver-
spannung der Nackenmuskulatur morgens beim Aufstehen das genügt schon und man hat den ganzen Tag Ärger
man liest ja überall nur noch über Sex und alles was damit
zusammenhängt kaum schaut man mal in ein Magazin rein
schon wird man mit Prognosen für das nächste Jahrzehnt
bombardiert zum Beispiel das Sperma wird entmachtet
weil der Orgasmus an Bedeutung verliert hast du ihm etwa
in die Kamera gesprochen Frauen bestimmen den Markt-
wert der Männer und das Tempo beim Sex zum Beispiel
den Spruch tiefgefrorenes Sperma der kurze Ich-Verlust
das wurde aber auch höchste Zeit natürlich da habe ich
keine Probleme können wir ruhig drüber reden ja das
macht glaub ich Sinn aber die meisten geben sich ohnehin
mit ein paar Schlagworten zufrieden die erste Zehntelse-
kunde ist das Schlimmste nur der erste Schmerz dann geht
es nur der Moment da die Nadel den Körper durchstößt
dann geht es wieder dann ist es vorbei dann hängen wir da
Flügel noch aufgespannt und farblich nichts abgewischt
muß man aufpassen darf man nicht auf die Flügel fassen
weil sonst die Farbe abgeht klebt auf der Haut es bleibt
einem nur sie unter Wasser abzuwaschen und dann ist sie
weg und der Falter nichts mehr wert kann man ihn gleich
zerknüllen und wegwerfen da drin das Blut fließt durch

den Körper oben rum und unten durch dann wieder oben rum nachdem die uns bekannte Pumpstation das stets arbeitende elastische Muskelfleisch der rotbraunblauen Flüssigkeit einen Schubs gegeben hat das ist doch eine sehr angenehme Maschine die ich hier bediene mein Körper das Interessanteste daran ist daß sie es mir ermöglicht andere ebensolche Maschinen zu beobachten mein Leben ändern das müßte doch bei der Zellstruktur losgehen von Grund auf Körperdemontage ist groß im Kommen mittels Kettensäge Fuchsschwanz tut es auch wenns hart kommen soll nur der Rost bringt Probleme wegen der Infektionsgefahr da müssen wir aufpassen die Einheit des Körpers ist sowieso nur eine Illusion unseres angeborenen antrainierten Gestaltdenkens oder woher habe ich das Gefühl daß der Schleim den ich ins Taschentuch rotze zu mir gehört und sobald ich das Tempo weggeworfen habe nicht mehr wenn man die ganzen Reliquien mal alle sammelte und aneinanderklebte hätte der und der Heilige zweihundertvierzig Rippen und zwölf Arme zu je acht Fingern ich bin sechs Meter groß und alles ist wichtig ich bin neun Meter groß und alles ist mehr als wichtig ich bin zwölf Meter groß und alles ist unverstehbar plötzlich habe ich das Gefühl ich müßte meine Lippen nachzeichnen plötzlich ist es wieder mal Zeit für Face-Peeling plötzlich eine kleine Blutprobe gefällig man muß diesen Code beherrschen um ihn unmißverständlich anwenden zu können achtet man darauf wie man anderen entgegentritt so wird einem auffallen wie man auf andere wirkt eine erhobene Hand kann

verschiedene Bedeutungen haben selbst eine erhobene
Faust das kommt ganz auf den Kontext an oder den dazu-
gehörigen Gesichtsausdruck oder auch nur auf die Beu-
gung des Armes da muß ständig decodiert werden das geht
fast automatisch grundsätzlich hat alles eine Bedeutung
dessen muß man sich bewußt sein sonst hat man mit
manch unerwarteter Reaktion zu rechnen ein angewinkel-
tes Bein ein abgewandtes Gesicht eine hochgezogene
Lippe und schon muß man in der Lage sein die Umgebung
einzuschätzen oder Stichwort Telefon allein die Stimme
sagt schon was man vom Gesprächspartner zu halten hat
Lautstärke Geschwindigkeit beim Sprechen oder Färbung
der Stimme sind nur grobe Kategorisierungen dessen was
im Kopf abläuft wen interessieren heute noch Schrift und
Text der Körper das letzte bakteriologisch nicht vollständig erschlossene kartographierte berechenbare Gebiet
gottverdammte undisziplinierte Zellen und dann hat auch
noch das Reiz-Reaktionsschema abgewirtschaftet das
müssen wir in den Griff kriegen die Erheiterung der Enzyme durch die Abfolge bestimmter Bewegungsabläufe
und ich frage mich sollte man da nicht einfach für den
Rausch plädieren Text-Doping oder Viren eingesetzt die
einen vorgegebenen Text umgenerieren das hat Methode
und ich meine zu ihm das kann ich dir sagen da habe ich
meine Erfahrungen mit gemacht das siehst du falsch es ist
für eine Frau gerade nicht möglich mit einem Mann essen
zu gehen ohne daß damit gesagt ist daß sie auch mit ihm ins
Bett gehen wird jedenfalls ist das für den Mann mit dem

Annehmen der Einladung abgemachte Sache da kann die Frau denken was sie will wie korrekt der sei und daß es nur ums Essen gehe dann ist sie eben naiv ich will jetzt nicht anfangen solche Geschichten zu erzählen aber zum Beispiel dieser selbstmordgefährdete Arzt den ich kennenlernte was heißt kennenlernte er fragte mich auf der Straße nach Feuer fing ein bißchen an zu erzählen und du weißt ich denke dann man muß dem zuhören vor allem weil der völlig fertig aussah rote Ränder um die Augen und so und er fragte ob ich mit ihm einen Kaffee trinken wolle und ich habe mir nichts dabei gedacht wir saßen dann im Café er erzählte mir er sei arbeitslos irgendwelche Sachen sind da gelaufen im Krankenhaus Patienten abgekratzt oder was weiß ich hat er sich nicht näher zu geäußert jedenfalls war der so nervös und seine Hände zitterten ich kann mir gut vorstellen daß dem ab und zu mal das Skalpell ausgerutscht ist ich hörte mir seine Leidensgeschichte an er wolle Selbstmord begehen und so langsam bekam ich mit daß der was von mir wollte und der ganze Rest war nur Staffage also ich sollte mit ihm ins Bett aus Mitleid und ich wußte nicht mehr was ich machen sollte stand dann auf und verließ das Café ohne mich zu verabschieden ich hoffe nur daß ich dem nie unters Messer komme vielleicht hat er sich auch tatsächlich umgebracht und er wiederholt meinen Satzanfang ich will jetzt nicht solche Geschichten erzählen und fragt was hast du da noch erlebt in dieser Hinsicht das du mir nicht erzählen willst was ist geschehen worüber du keinen Aufschluß gibst warum weil du meinst

ich werde durchdrehen sobald ich etwas höre Leute umbringen die ich kenne mit denen du etwas erlebt hast darf
ich fragen wieviel man dem anderen überhaupt erzählen
kann von dem was man erlebt hat alles oder nur solche
Dinge die den anderen nicht verletzen schocken oder bin
nur ich so bescheuert daß mir Erzählungen deiner vergan-
genen Affären etwas ausmachen fragt er Berichte über
Körpererfahrungen sind es die ihn fertigmachen nicht was
ich denke oder gedacht haben mag es ist wenn ich sage ich
habe da gelegen gesessen den und den mit dem und dem
Körperteil berührt ich habe einen Widerwillen dagegen
gehabt den und den anzufassen mich von dem und dem
anfassen zu lassen das führt bei ihm zu körperlichen Reaktionen die Nerven kollabieren ihm wird flau man kommt
über gewisse Strukturen und Reaktionen nicht hinaus das
macht der Körper dann ganz allein daß ihm schlecht wird
oder auch nur eine Art von Panik die ihn befällt unerklär-
lich weil unbegründet doch dieses Chaos läßt sich jeweils
mit hundertprozentiger Bestimmtheit voraussagen nur
eine Notiz die er zu Gesicht bekommt eine Bemerkung
die ich mache da kann er sich tausendmal sagen daß das
Quatsch ist so zu reagieren der Körper sein Geheimnis
und dann kritzelte ich ein paar Obszönitäten aufs Papier
feucht zwischen den Beinen auf dem Kinosessel herumge-
rutscht ihm hat es erstmal wieder einen Schock versetzt
oder am Bodystocking gehen immer die Knöpfe auf so
unfeministisch das ist gut zum Ficken und ich sagte so
habe ich noch nie mit jemandem gesprochen und er sagte

ich auch nicht und dann ich fragt ihn mit mein Aug zu frag nochmal Sᴇx und dann er fragt mich ob ich Sᴇx zu sag Sᴇx mein Berge Blume und erst ich legt mein Arms darum er Sᴇx und zog ihn her zu mir so er konnt fühln mein Brust all Parfüm Sᴇx und sein Herz war schlagend wie wild und Sᴇx ich sagt Sᴇx ich will Sᴇx

11. Ein Kapitel Nacht aufreißen

Die Nacht aufreißen, danach frage ich, wie geht das und ob sie das wisse, oder daß ich auch ohne erst zu fragen dieses täte, das heißt daß wir gemeinsam, nämlich vom Leib die Kleider reißen, des weiteren gespreizte Sprechweise, das heißt kaum Wörter, wobei sinnstiftende Partikel nurmehr zufällig aus unseren Mündern die Luft erreichen.

Aufreißen ein Kapitel Nacht, wobei die Rauhheit ihrer Stimme, daß sie auf einmal fremd sich anhört. Sie räuspert sich, sie hustet, dann ist die Kehle wieder frei zum Sprechen, ich höre ihre Laute, die hallen wider von der Zimmerdecke. Ist plötzlich aufgerauht, ein Kratzen einfach, Entlangkratzen der Luft an Innenseite, der Luft- oder der Speiseröhre, ich weiß es nicht, verschlungenes Gewirr im Hals, verdrecktes Stimmstück, und sie macht Geräusche, begrenzter Wortschatz, den wir haben. Und Wörter ziehen wir zusammen, die Lippen angefeuchtet mit der Zunge, am Ende kommt es noch soweit, daß niemand uns versteht. Rötliche Spuren sind am Himmel, Gaumen, wir sind versucht, alles wörtlich zu nehmen, in Hautfalten versteckte Sprachpartikel, im Mund ist eine Stelle rauh, wo Satzgefüge sich erkennen lassen.

Die Naht, die Lippen aufreißen, Entzifferungskunst einzelner Hautbereiche: rauh und schwierig zu lesen, das Muskelstück im Mund. Ein Heben und ein Senken, ist der Atem, ans Rascheln habe ich mich schon gewöhnt. Ich streiche mit den Händen über ihre Haut hinweg, wobei auf meine Finger ihre Sprache abfärbt: so läßt sie mir Nachrichten zukommen. Und gegenseitig lesen wir uns vor, aus Zeichnungen, die sich in unseren Mundwinkeln gebildet haben, aus den Bewegungen der Haut, der Faltenbildung. Wenn ich ein Merkmal des Gesichts erkannt zu haben glaube und dann das Wort ihr nenne, schlägt die Hautzeichnung um in eine andere Erscheinung.

Aufreißen Haut, was soll ich tun, sie zu entschlüsseln, sie tritt als Ideogramm auf, sie trägt die ledernen, die Sommerschuhe, geflochtenes dünnes Band abstreifen, vom Fuß ihr wickeln eher, den Anfang finden und mit einer Hand die Ferse halten, während ich mit der anderen Hand den Fuß ihr von dem Lederband befreie, wie Nacktheit so zustande kommt, ein Wort, das nicht fällt, die Sohle aber fällt zu Boden, und das Lederband. Ich vertausche ihre Buchstaben, ich täusche Buchstaben nur vor, ich bringe Wörter aus der Reihenfolge, es ist nun nicht ein Wort, das steht an seinem Platz, im Mund und auf der Zunge. Nun ist kein fremder Mund mehr zwischen uns, sagt wer in einem Film, ich weiß nicht wo, ich klappe einen fremden Körper auf.

Den Reißverschluß die Nacht die Körper, wohin die rük-
ken oder gleiten, ich sehe etwas zwischen ihren Beinen.
Oder habe ich mich vertan versehen, sie trägt ein ärmello-
ses grünes Hemd, und an der Nahtstelle ein Bein, das
liegt, das andere steht angewinkelt, die Hände hält sie um
das Knie geschlossen und legt den Kopf darauf, daß ich
inmitten ihres Körpers diese Stelle sehe, oder nicht sehe:
ist sie vernäht, weil Stoff darüber liegt? Das kann ich nicht
entscheiden, das Hemd läßt an entscheidender Stelle
Hautfalten offenliegen, entscheidend ist die Naht. Oder
der Stoff ist durchsichtig, denn hier ist keine Farbe, ein
wenig Rot nur scheint es, das sich hinwegzieht über ihre
Haut. Wo aber Haut ist, kann nicht Stoff sein, der abgelöst wird von der Haut: daß Haut über die Haut geworfen
und Stoff über den Stoff. Wohin sich meine Hand begibt,
um ohne Zweifel hier die Wärme ihres Menschenfleischs
zu spüren, die Wärme der mich ansehenden Frau, die nun
mit einer Beinbewegung die Sicht freigibt und spreizt, wobei sie mich ins Auge faßt, den Mund geschlossen, um die
Erscheinungsform zu wechseln. Mit Haut die Haut oder
den Stoff vertauschend, um so das Spüren meiner Hand
und meines ganzen Körpers notwendig zu machen, um zu
entscheiden, ob das nun Stoff ist oder Haut, wo mir der
Körper durchgeht, ihrer. Eine Hautabschürfung bemerke
ich an ihrer Ferse, die Stelle ist gerötet, Schmerz.

Ich sage einen fremden Körper auf, was gibt es da noch zu
entdecken: das grüne Hemd, die Naht ist vorne, und wird

geöffnet mit den Fingern. Der Blick wird freigegeben mit der Hand, der -fläche, den Stoff auch hier beiseite schieben. Die Körperwärme, das Pulsieren des Blutes, und die Poren geben Zeichen: daß ich nach einer Stelle suche, ein Körper führt den andern Körper, bis sich die beiden ineinander dann verzahnen, als wenn ein Reißverschluß geschlossen wird, so liegen Finger auf dem Laken ineinander festverkrallt.

Aufreißen auch die Wörter Sätze, Lautmalerei der Beckengegend, die Haut benetzt, ich sehe, spüre, mit Zähnen Zunge Gaumenschlag, der rote Hautfleck, ich nehme an ihr ein einzelnes Komma wahr, die Stelle zum Berühren, lebendiger Doppelpunkt, und sie mag nicht mehr sprechen, die Zeichnung ihres Haars hat sich verändert auf dem Laken. Wir verständigen uns inzwischen nur noch mittels Abkürzungen, wie von allein haben sich zwischen uns diese geheimen Zeichen eingestellt. Bald sind wir sogar in der Lage, aus diesen Zeichnungen zu lesen, aus den Schatten auf dem Laken, den Ausläufern des Körpers. Aber Bruchstücke, alles nur Bruchstücke der Stotter- und der Stammelarbeit dieses Textkörpers, den sie und ich gemeinsam sprechen lesen, steiniges Körperstück, ich streiche ihr über die Schläfe, und meine Hand dringt ein in eine Öffnung. Sie fragt, was sind das denn für fremde Wörter, die wir beide nicht benutzen wollen, Stück Mund vertippter Mond hängt fragmentarisch, wir müssen, die Lippen sind uns aufgesprungen, das Schweigen neu erfinden. Ein

Wort bis auf die Knochen ausgezogen, ich sauge ihr die Sprache ab vom Mund, in meinem Mund die Wörter sind vermischt mit Speichel, und wie sie sagt gesprochen ohne ein gebrochenes Wort: daß man sich in die Augen sähe nur eine Sekunde, als wäre es ein Versehen, daß man kein Wenn und Aber hinzufüge. Und wisse, es sei diesmal beschlossene Sache: man werde miteinander schlafen.

12. Anagramme eines menschlichen Körpers

Daß die Zeichnung der Haut, die einzelnen Linien an den Fingerspitzen sich übertragen auf die Stelle der Haut, über die man streicht, daß auf diese Weise etwas vom einen Körper auf den anderen übergeht, wenn auch nur vorübergehend, weil nämlich die fremde Zeichnung bald wieder verschwindet und von der ursprünglichen Zeichnung verdrängt wird, es ist das mit den Wörtern, der Sprache, der Haut ... Hautverständigung, gibt es so etwas? Austausch der Poren untereinander, Austausch von Hautteilen, fast lautlos jetzt, in der Obhut des Körpers heißt es, heißt es nicht auch: mit verbundenen Augen? Die Augen miteinander verbunden, aber auch, als wären wir blind, dieses Vorantasten, das sind dann unsere Leitmotive, gelöstes Haar, mit den Fingern durchs Haar fahren, Zeichnung zu spüren, bis zum Haaransatz hinunter, alle Wörter mit H sammeln, an der Stirn entlang über den Nacken hinweg, *daß ich ihr mit der Zunge über die Lippen fahre und sie den Mund ein wenig öffnet, daß ihre Zunge zum Vorschein kommt, die auf der Suche nach meiner Zunge ist, daß die beiden sich treffen außerhalb des Mundes, daß sie sich aber bald zurückziehen in ihren Mund,* wir haben dem Mund das Sehen überlassen, ich meine unsere Sinnbilder, im übertragenen Sinne, also etwas übertragen von der Hautzeichnung auf meine Haut, abgeschrieben, die Querverweise des Haars, die aufgerissenen Wörter, ein Haar ausgerissen, *daß sie meinen Kopf zu sich herunterzieht, indem sie mit der Hand an meinen Haaren reißt,* es geht um die Wimpern, die Sprünge im Text, ich fahre mit dem Zeigefinger über die Brauen, zeichne den Bogen nach, an der Schläfe entlang, die Klopfzeichen unter der Haut, die Adern, ich kenne nur die halbgeöffneten oder geschlossenen Augen, über die Lider streichen, es bebt, irritiert, Wimpern, Widerstände, Luftwurzeln schlingern, die Windungen des Ohrs, die Spur zu verfolgen, die Öffnung, leere Stelle, wieder der Haaransatz, die Richtungen, die meine Finger dem Haar geben, ich greife hinein und darunter, betrachte ihren zurückgebogenen Kopf und den vorgewölbten Hals, sehe zuerst einen leichten Schauder sich auf der Haut abzeichnen, und dann zittern die Lider, so, als versuchten die Augen zu blicken, über die Stirn hinweg die Falten, bewegungslos einander in den Augen, *daß mir die Mundschleimhaut austrocknet vom vielen Reden, daß sie wieder befeuchtet wird von ihrer Zunge,* eine Spur, die Braue, das Fell auf der Stirn, *daß ihre Augenbraue an meiner Augenbraue entlangreibt, daß sich unsere Wimpern ineinander verkrallen,* der Mund ein wenig geöffnet, so, als wolle er sprechen, nein, das denke ich mir nur aus, vielmehr bezeugt jeder Körperteil für sich eine Ganzheit, die Hand ebenso wie die Augen, die Bauchwölbung ebenso wie das Geschlecht, die Beine ebenso wie die Arme, die Atmung, das Herz, ich falle auseinander, falte auseinander, erforsche ihren Körper, Wortanläufe, so ins Vertrauen gezogen, am Kinn entlang, und spreche ganz leise an ihrem Mund, und auch sie spricht leise zu mir, Ausgerissenes, Papierfetzen, ich meine unsere Sinne, Seh- und Hörvermögen, Tastsinn, taktiles Selbstverständnis, wir fressen einander aus der Hand, die Handfläche, der seltsame Geschmack auf der Zunge, die Sprache, an der wir uns reiben, wer fraß uns unsere Haut, das sind nur Vorstellungen, eine Bewegung, das Zittern der Haut am Kehlkopf, wo die Wörter entstehen, am Ursprung ihrer Sprache, ich lese etwas ab, spreche nach, zeichne etwas ein, ihr Körper oder niemand, immer solche ganz konkreten Leerstellen, es geht um diese Berührungen, unser taktiles Stoßgebet, ich meine Schoßgebet, wie sie es nennt, um die Einlaßworte, ich bin überblendet, eine Blendung wie Dunkelheit, ich kann nicht sprechen, habe für kurze Zeit meine Zunge entfernt, von Zeit zu Zeit küsse ich den Text, werfe etwas ein, reiße ein Stück Papier heraus, so daß Wörter fehlen oder nur Teile von Wörtern, die Spuren am Hals hinunter, Fasern des Textes, Luftwurzeln, in den Nacken gefahren, Bißstellen, kommen jetzt in das Gebiet der Schultern, lassen die Geräusche hinter uns, ganz sachte in den Nacken gebissen, mit den Lippen, der Zunge, ich fasse sie an, muß alles mit den Händen anfassen, Faseln, womöglich sollten wir eine Sprechpause einlegen, die Sprache ist eine Haut: ich reibe meine Sprache an einer anderen, so als hätte ich Worte anstelle von Fingern oder Finger an den Enden meiner Worte, *daß ihre Zunge an meinen Nasenlöchern entlangstreicht, so daß mir beim Atmen an der Nase kalt ist vom Speichel auf der*

Haut, wenn ich sie jetzt zum Beispiel an den Schultern berührte, ihren Nacken, ihre Arme mit Küssen bedeckte, meine Sprache zittert vor Begierde, ich halte mich aber nicht an das, was ich sage, diese ganzen Geschichten, Stottern Faseln Krächzen, Achselhöhlen der Obhut, wo der Schmerz eingreift, Aushöhlungen, in denen ich forsche, Entdeckungen, aber nur nicht die eigene Sprache verraten, ich lese ihr von der Haut ab, wo ich den Ausläufern des Texts folge, bis zum Ellbogen, hier trennt sich der Knochenverlauf auf, bis zur Hand, und dort verfangen sich die Finger ineinander, sie wickelt mich in ihre Worte ein, manche Teile des Körpers kommen dieser Betrachtung besonders entgegen: die Wimpern, die Nägel, der Haaransatz, die Einzelglieder, wir bleiben in der Obhut des Körpers, fassen einander an, verfolgen Spuren, die Atmung, spüre sie hier nicht unter der Haut, ein Zittern, fresse ein wenig Haut, fresse ihr aus der Hand, Angst vor den Wörtern, die wir nicht kennen, die Brüste, mit den Fingern darüber hinweg, mit der Handfläche, von der Achsel kommend über die Brust, die beiden dunklen Punkte, die wir auf der Wasseroberfläche sahen, ich will darüber keine Worte verlieren, oder was rede ich sonst noch über diese Textstelle, küsse den Text von Zeit zu Zeit, verfange mich darin, ich betrachte den Ansatz der Brüste, Bißstellen, leichte Verletzungen beigebracht, mit den Lippen, mit der Zunge, *daß sie mir mit den Schneidezähnen in den Hals beißt als Vampir, daß aber kein Blut fließt,* Erhebungen der Haut unter meinen Händen, die eine Zunge spürt die andere, spürt sie auf, ich soll Losungsworte nachsprechen, für mich alles Fremdsprache, aber sie will auch nichts weiter verraten, gibt es die Wörter überhaupt, von denen sie spricht, die sie erwähnt, Aureole Brustwarze Schamhaar, Raschelarbeit des Laubs, sie hat zerknülltes Papier unter der Haut, da liegen Zettel eingeschlossen, ich weiß es, ich sehe es, die Haut aber über und über mit dunklen Zeichen beschrieben, Lasuren, und wieder ganz abgewaschen, abgewischt mit der Hand, mit Wasser, Speichel, den Bewegungen antworten, *daß sie von meinem Blut trinken möchte, daß sie aber keine Stelle findet, an der ihre Zähne meine Haut durchdringen könnten, um in eine Ader geschlagen zu werden, daß sie die Armbeugen, die Stellen der Pulsadern an den Handwurzeln schon ausprobiert hat,* sehr empfindliche Stellen, nichts zu hören außer dem leisen Zurechtrascheln unter der Oberfläche, Übereinanderlegungen von Haut, Anagramme eines menschlichen Körpers, die Linien hinab, Widerstände, ich werde da aufgehalten, um den Körper herum, die Rippengegend, Wirbelsäule gibt Kontur, wo dieser Pfeil verankert ist und sich verfolgen läßt, er zeichnet sich ab, vom Nacken herunter, wie eine dieser Wolkenketten am Himmel, ich sehe sie atmen, erkenne die einzelnen Wirbel, übergreifende Satzgefüge, ich beobachte die Bewegungen, *daß sie statt dessen ihre Fingernägel in meinen Rücken schlägt und darüber hinweg zieht, daß Kratzer entstehen, aus denen sie Blut saugen könnte,* muß unbedingt immer alles mit den Händen anfassen, auch hier zeichnen sich die Rippen ab, ich ziehe eine Linie bis unter die Achseln, bin wieder bei den Schulterblättern, spüre da herum, fasse mir ein Herz, wie man sagt, einen Herzschlag, nämlich ihren, lege eine Sprechpause ein, die beiden Gebiete zu Seiten der Wirbelsäule, weiter unten die kleine Einbuchtung, mit einem Finger sehe ich mir alles an, weiter im Text, dann betrachte ich die Bauchwölbung, jeder Körperteil bezeugt für sich, und die einzelnen Buchstaben vertauschbar, wo immer ich sie zu fassen bekomme, Wortbildungen im Untergrund, eine Flüssigkeit neologistisch, und immer wieder verwechsle ich Wörter, tausche sie gegeneinander aus, ohne daß es mir gleich auffällt, verschreibe mich auch, oft geht es dabei nur jeweils um einen Buchstaben, also Nebel statt Nabel, wenn ich mich verlese, und dann kommt vielleicht wieder dieses Sinnbild mit den Sprachanfängen, dem Verlauf der Sprachaneignung oder auch Entwicklung der Schrift, oder meine ersten Sprech- und Leseübungen, die sie mit anhört, alles Wörter, die ich selber nicht kenne, trotz dieser ganz einfachen Sprache, da ist dann vieles, was wir einfach mitgelernt haben, ohne daß wir damit etwas anzufangen wissen, Brust Brustwarze Erhebungen der Haut, das alles, was sie an Geheimsprache denken läßt, mit der Zunge über die Haut hinwegfahren, Spuren verfolgen, jetzt sind schon keine gegeneinander abgegrenzten Wörter mehr wahrnehmbar, ich erkunde diese kleine Öffnung mit der Zunge, die Zeichnung auf ihrem Grund kaum zu entziffern, weil es zu dunkel ist, Auskundschaften der Geräusche unter der Haut, unter der Bauchdecke, sie ist ganz still, Tachismus im Herzen, wo das Blut stockt, Flecke, alles gefleckt, sage ich, falte auseinander, erzähle ihr davon, das sind dann irgendwelche Geräusche, die sie zu hören bekommt, ich fahre den Linien der Zeichnung mit dem Finger nach, wir bleiben ganz still, *daß sie mir ihren Zeigefinger in den Mund steckt, was gleich dazu führt, daß meine ausgetrockneten Mundschleimhäute wieder befeuchtet werden*, dann tauchen erneut Satzzeichen auf, ich habe meine Hände verloren, kann sie nicht beieinander halten, spüre die feinen Härchen, sie werfen eine Zeichnung, die Haut versteckt, wenn wir uns unbekannte Wörter aussprechen, einfach nur Laute, mitgelernt, wir wissen nicht woher, oder geht es jetzt um diese Erhebung der Haut, die ich spüre, Hautfalten ein Querverweis, ich fasse mir ein Herz, bin hineingeraten in dieses Gebiet, will darüber keine Worte verlieren, es geht um das kleine Dreieck Vlies oder Fell, wie es genannt wird, fahre an den Rändern entlang, da sind Einbuchtungen zu beiden Seiten und wieder Erhebungen, oder nimmt eine Silbe möglicherweise etwas von einer folgenden voraus, durch Umstellung, oder Buchstaben einfach verschwinden lassen, das bleibt unter uns, wie man es nennt, von hinten zu lesen, Ausrufe, an die ich mich aber nicht mehr genau erinnere, Zeichnung, die ich kopiere, abzeichne von ihrer Haut und wieder auf ihre Haut zurück, wenn sie da noch etwas erkennen kann, ich lese ihr ein wenig vor, Buchstabiergehabe, Bildwelten, in die ich fliehe, oder an einer anderen

Stelle mache ich einen Fehler, sage Hautwörter anstatt Hauptwörter, nehme den fehlenden Buchstaben an ihrem Körper wahr, Einritzung einer Textstelle, mit den Fingernägeln, mit den Zähnen, *daß sie an meinem Ohrläppchen herumbeißt, als wollte sie es aufessen,* ich brauche erst wieder ein Einlaßwort, wir werden jetzt aber nicht noch ein weiteres Wortfeld aufstellen, ich sollte besser alles rückwärts lesen, sie weist mich auf eine Textstelle hin, ich verfolge einzelne Fasern, betrachte das ineinanderverschmolzene Geschlecht, Wörter, die wir nicht zu kennen scheinen, ich komme nicht los von den Vorstellungen, Vorgaben, das Vlies oder Fell, aus welchem Mund nehme ich das, oder breche ich die Aufzeichnungen ab, einander nach Art der Wörter umschlingen, übermalte Spuren, bin in der Höhle verschwunden, keine Worte verlieren, es geht um das Ausrufungszeichen, dem ich begegne, ich verzettele mich, komme nicht mehr los davon, ein Textgeflecht, *daß wir nicht mehr wissen, wo unser eigener Körper aufhört und der des anderen beginnt, daß wir so in der Lage sind, mit den Nervenzellen des anderen zu spüren, daß wir aus den Poren des anderen schwitzen können, daß wir mit dem Körper des anderen Schmerz empfinden können, daß wir nämlich eigentlich den andern aufgegessen haben, weil er jeweils vollständig in uns übergegangen ist,* vielleicht sollten wir besser eine Sprechpause einlegen, wie man es nennt, eine Trennungslinie, der ich mit dem Finger nachfahre, und dann bemerke ich, daß die Geschlechtslippen anschwellen, deren Samt eine Flüssigkeit entspringt, klebrig und heiß wie Blut, ich bemerke, daß die Schenkel sich auftun, um meiner Hand besseren Spielraum zu lassen, wenn ich sie jetzt berührte, ihren ganzen Körper mit Küssen bedeckte, unsere Sinne, Riech- und Tastsinn, unser Seh- und Hörvermögen, taktiles Selbstverständnis, ein Schoßgebet, ich höre ihr zu, bin ganz still, fasse mir einen Herzschlag, *daß ich so auch mit ihrer Stimme Geräusche machen kann, ihr etwas ins Ohr flüstern*, fahre an ihren Beinen entlang, diese weichen Stellen, auf die ich stoße, die Kehlen, Hautfaltungen, mit beiden Händen streiche ich dann um die Hüften herum, umschließe die beiden Hautgebiete zu Seiten der Spalte, umfasse sie, meine Finger reichen bis zur Mitte, die Fingerspitzen verschwinden, umschlinge sie nach Art der Wörter, wickle sie ein in meine Worte, unsere Hände, die sich ineinander verkrallen, Kniekehlen und Armbeugen, über die Knie hinweg, Widerstände, Verstrickungen, *daß sie nämlich ihre Hände mir auf den Rücken gelegt hat oder an den Armen mich hält, daß sie inzwischen ihren Kopf mir an die Schulter gelegt hat, daß sie mir mit der Zunge übers Gesicht fährt, über die Augenlider, die Wangen, den Mund, daß sie mir ins Ohr beißt, daß sie die Stirn in Falten zieht, daß sie den Mund geöffnet hält, daß sich ihr Brustkorb heftig hebt und senkt, daß mir ihre Finger auf dem Rücken herumspüren, nach der Spalte suchen, daß sie mich auf einmal anlächelt und die Augen geöffnet hat, daß ihre Hand meine Hand an ihre Brust führt, Hand in Hand Kreise ziehen um die Brustwarze, daß sie ihre Beine um meine Beine schlingt und verknotet, daß sie den Knoten fest zusammenzieht und nicht mehr losläßt, daß ich ihre ein wenig kalten Füße in den Kniekehlen spüre, daß ich mit der einen Hand an ihren Beinen entlangfahre bis zu den Füßen,* es geht um die Härchen, wenn ich jetzt zum Beispiel ihre Füße, ihre Fußknöchel in meine Zärtlichkeiten miteinschlösse, Übereinanderlegungen, Lasuren, eine Flüssigkeit entspringt neologistisch, ich zeichne ihr mit dem Finger auf die Haut Lügengeschichten, in die wir uns verstrickt haben, die Sprache ist eine Haut, leichte Verletzungen beigebracht, ineinanderverschmolzene Hautwörter, *daß mir die Mundschleimhaut austrocknet vom heftigen Atmen bei offenem Mund, daß ihre Zunge sie wieder befeuchtet,* ich spüre die einzelnen Zehen, die Faltungen der Fußsohle, dort wo der Schmerz eingreift, die Einbuchtungen zu Seiten der Ferse, die Ausläufer des Texts, dort ist Knochen und daneben nicht mehr, eine Stelle, an der man mit einem leichten Druck des Fingers mühelos durch die Haut ins Fleisch eindringen könnte, wie an den Achselhöhlen, den Kniekehlen, hier bleibt der Körper offen, der Wärme des Blutes folgen, oder auch ihr Ellbogen, der von meiner Handfläche umschlossen wird, versteckt, zusammengenommen, oder wo das Fleisch auseinanderbricht, pulsierendes Stück Mensch, das ich mir einverleibe.

13. *If l Was Your Girlfriend*

Wie, wenn ich ihre Freundin wäre und sie läge da mit geschlossenen Augen, welchen Vornamen trüge ich, hieße wie, hörte auf welchen Namen, hätte ihn angenommen zugewiesen bekommen, wüßte ihn zu schreiben und zu sprechen, und wie lautete dann ihr Name, wie würde ich sie nennen, K., welches Wort müßte ich aussprechen, damit sie sich zu mir umdrehte, damit sie sich angesprochen fühlte. Doch ich weiß keinen Namen, weiß kein Wort zu sagen, Vorname, unter dem sie erschienen ist.

Wäre ich ihre Freundin, würde sie mich helfen lassen beim Aussuchen von Klamotten, bevor wir ausgingen, nicht daß ich meinte, sie wäre hilflos, aber manchmal gäbe es solche Zeichen dafür, wie eng wir zusammengehörten. Könnte ich sie anziehen, ich stöberte im Kleiderschrank herum und sie stünde nackt vor mir, daß ich ihr Röcke und Blusen anhielte, daß sich ihre Brust unter dem Stoff abzeichnete, und ich musterte sie und sie sich im Spiegel, ließe dann das Kleidungsstück fallen, sähe sie wieder nackt vor mir, Gänsehaut, um ihr etwas anderes auszusuchen.

Wenn ich deine Freundin wäre, frage ich sie, würdest du zu mir kommen, falls dich jemand verletzt hätte, selbst wenn dieser jemand ich wäre?

Ich könnte ihr das Haar zwischen den Beinen schneiden, die hellen Locken reflektierten das Sonnenlicht, am frühen Nachmittag liegt sie mit gespreizten Schenkeln auf dem Bett, sie hält die Augen geschlossen, während ich mit der Schere hantiere, und stillhalten. Und wenn ich sagte: ich sehe ihren Mund, und ich dächte diesen Satz, wäre tatsächlich das Bild vor meinen Augen, eine Mondung, ich meine Mundung, oder Rundung der Lippen, mondumwittertes Lächeln eines Gesichts, der Mund in die Wangen hineingerissen, das Weiß des Mondes der Zähne.

Und ich legte mich zu ihr, die Stelle warm, wo sie läge, sie hätte die Augen geschlossen, hörte Musik über Kopfhörer, sie bemerkte mich nicht, wie soll ich sie nennen, ein Wort, daß sie die Augen öffnet, ich suche danach, von Satz zu Satz gehetzt, von Blick zu Blick, die hochgerissenen Lider, immer offen sei das Auge, ich habe allen Grund, nichts mehr zu sagen, alles ist wichtig, doch nichts will mehr festgehalten werden.

Wenn ich ihre Freundin wäre, wie hörte sich meine Stimme an, wie viele Stimmen hätte ich zur Verfügung. Ich weiß nicht. Es ist auch immer so, daß das erste Wort, die Stellung der Sprechwerkzeuge beim ersten Wort ausschlaggebend ist für das weitere Gespräch. Daß ich manchmal dächte, ich sollte meine Stimme ändern, das geht aber während eines Gespräches nicht, ich erwarte dann Verwunderung bei ihr, Verwundung der Stimmbänder oder des Kehlkopfs bei plötzlichem Wechsel mitten im Satz.

Sie nähme Augenkontakt auf mit jemandem, den ich nicht sähe, irgendwo zwischen den Silhouetten im Halbdunkel hätte sie jemanden entdeckt, um kurz wegzugehen, und ich riefe sie nicht, weil die Musik zu laut wäre und sie mich nicht hören könnte, ich suchte nach ihr zwischen den dicht gedrängt stehenden Menschen, aber ich fände sie nicht, weil sie draußen in einem Wagen säße und sich küssen ließe, einfach so, und sie wehrte sich nicht, komisch, nicht wahr, würde sie später sagen, es sei ihr nicht eingefallen, etwas dagegen zu haben, sich küssen zu lassen.

Ich wäre ihre Freundin, wie würde ich schauen, wenn sie mir von einem Mann erzählte. Langsamer würden Zunge und Lippen, oder nur noch geflüstert am Ende, Worte über meinen Kopf hinweg, ich verstünde sie erst gar nicht, und sie müßte mit ihrem Mund nah an mein Ohr herangehen und ihre Frage wiederholen. Dann wäre es einen Moment dunkel, ich fühlte ihre Hand an meiner Hand, ihre Hand auf meiner Schulter, riebe über das vom Schweiß feuchte Hemd und die Haut darunter, ich spürte ihren warmen Atem, den sie in meinen Gehörgang bliese, ganz hinein bis zu der Stelle, wo die Schallwellen umcodiert werden.

Mein Gesicht, etwas nachdenklich, weil ich nicht weiß, wen sie da getroffen hat, wie es zu dieser Wandlung ihrer Laune gekommen ist, weil ich nicht weiß, ob wir jetzt überhaupt noch –. Mein leicht geöffneter Mund, als wollte ich etwas sagen, dann folgt aber nichts mehr, und ich schließe ihn wieder. Ihr Gesicht mir gegenüber, sie hat die Augen weit offen, mit einer Hand fährt sie sich über die Stirn, um den Mund Falten, weil sie angespannt ist. Kein Gesicht.

Und sie erzählte mir, sie habe jemanden getroffen, und sie brächte jemanden mit nach Hause, und wir wären Freundinnen und würden über ihn lästern, wenn er fort wäre, oder wir schwärmten, oder sie schwärmte und ich lästerte. Ich sagte: entschuldige, ich will nicht unhöflich sein, aber ich glaube, heute nacht bin ich einfach nicht in der Stimmung, also, wenn es dir nichts ausmacht, würde ich dir gerne zusehen ... darf ich?

Wenn ich jetzt Handlesen könnte, ich nähme ihre Hand, hielte sie mit der einen, mit der anderen Hand drückte ich ihre Finger nach hinten, daß sie die Handfläche nicht verbergen könnte in Ahnung, was da geschehen sollte, nämlich, daß ich ihr dann den Namen der verschwiegenen Person herausläse und was sie gerade noch zusätzlich dächte, daß mir alles offenbar würde durch Lesen von Lebens- Schicksals- Kopf- und Herzlinie, daß sie nichts machen könnte, vor Schreck die Augen geweitet in Erwartung meiner Enthüllungen (aber sie wüßte ja schon, was ich herausläse, ich sagte nur etwas, damit sie es bestätigen könnte). Also welche Falten ergeben sich, welche Zeichnungen, die mir etwas bedeuten wollen, etwas andeuten.

Aber selbst wenn die Linien nicht sprächen, so könnte ich doch einfach herumraten, und sie würde bestätigen, meinen, ich hätte erkannt, oder sie schwiege weiter, zuckende Lider oder Mund: nur nichts verraten jetzt hat sie es herausbekommen ich darf mir nicht anmerken lassen, daß sie es erraten hat. Und an diesem Gesichtsausdruck wäre wieder leicht abzulesen, ob ich die Lösung des Hand- und Gesichtsrätsels gefunden hätte. Also gäbe es keinen Ausweg, wenn ich nur erst einmal die verschiedenen Handlinien überhaupt von Falten unterscheiden könnte, um ihnen über die Handfläche hinweg mit dem Zeigefinger zu folgen.

Vom Lügen sprechen nicht sprechen, also, vertracktes Fingergerät, also Handfläche daran gekoppelt, das Blut überhaupt, das hindurchfließt und so Kontraste zwischen den Linien deutlicher macht. Kreuzungen der einzelnen Handlinien, gefurchte Felder und Abzweigungen, die Handfläche will mir natürlich nicht die Wahrheit sagen und versucht mich zu verwirren, versucht Informationen unkenntlich zu machen durch Verwischungen, da scheint eine Linie aufzuhören, beginnt aber an anderer Stelle von neuem, durch Übermalungen, durch Falten. Sobald die

Hand auch nur annäherungsweise geschlossen wird, verändert sich die Zeichnung, ich weiß nicht wo lesen, ich weiß nicht was. Und sobald ich mich verlese, werde ich sie fälschlicherweise beschuldigen, werde ich den falschen Namen herauslesen und was dann. Wolke zieht Wolke zieht Wolke zieht. Hände zu Fäusten geschlossen, um nichts preiszugeben, oder in den Hosentaschen versteckt.

Wenn sie den ganzen Tag über ausbliebe, weil sie jemanden träfe, und ich bliebe da, wartete auf sie und sie käme auch in der Nacht nicht zurück. Ich zu Hause mit Schere Schallplatten Klamotten Handlesekunst.

Und wenn sie käme, spräche von fremden Augen fremdem Haar fremder Haut daß ich mir vorstellte, spräche von Wörtern gesagt die ich nie vorher gehört, spräche von Orten die nie ich besucht gemeinsam mit ihr, daß ich später allein diese Orte aufsuchte um mir vorstellen zu können, wie sie zu zweit dort gewesen und was sie gemacht. Spräche bis sie einschliefe, weil sie so müde wäre so viel erlebt so viel geredet so viel was weiß ich was sie nicht sagt, so viel beliebiges Zeug, das mir die Nervenenden miteinander verknotet, das den gesamten Organismus kollabieren läßt, weil sie es erlebt hat. Und im Laufe der Nacht würde mein Name gestrichen, der gerade erst erfundene Name gelöscht, der zusammengeklappte Körper ersetzt, in einen anderen Körper verwandelt, da ohnehin aus der Fassung geraten, neu vernetzt die Zellen untereinander, und sie hätte dabei ihre Hände mit im Spiel gehabt.

14. Aufschub des ich

Der Schmerz nachläßt, wenn der Schmerz erst einmal nachläßt, oder endgültig, ein wenig, wie man sagt: Schorf auf der Wunde, und nicht mehr daran kratzen sagt man, es ist darauf zu achten, Kniescheibe Hautabschürfung eines Kindes, gefallen, die Haut hat darunter gelitten, Allegorie der Wunde, darin mit dem Finger herumspüren, wie tief, sieht man die Adern, ist alles rot, und später abgewaschen. Sie irgendwo, unterwegs. Café wieder immer dasselbe, kaum ihr folgen nein, Verdrehung von Wörtern im Satz kommt es vor, oder Sprachverweigerung.

Also sie zitieren, daß wenigstens die Sprache eines anderen da ist, geht nicht mehr, Wortschatz ausgeschöpft, kaum mehr erinnern noch Satzfetzen, sie verloren was heißt das. K. zu Hause: nun die hohen Decken ein dunkler Flur ohne Fenster, zum Zimmer da hell, kaum Möbel, Bett da, Tisch, Schrank, aber sonst wirkt alles weiß. Obwohl es nicht ist, nur Wände gestrichen in dieser Farbe. Was tut sie: sie kommt herein. Was tut sie: sie sitzt in der Küche und ißt, trinkt irgend etwas. So. Jetzt. Kann die Geschichte beginnen. Zitieren nach Gedanken etwas, was sie auch erzählen könnte, so näher, wenn der Schmerz erst einmal nachläßt, dieses Wort ist nicht noch einmal zu verwenden es ist darauf zu achten verdammt. Ein Telefon klingelt, gleich hinter ihr, auf dem Kühlschrank hat sie es

stehengelassen, beim letzten Gespräch hat sie dort gestanden. Hörer abgenommen wer ist das, nicht erfahren, sie
spricht, nennt ihren Namen, oder sagt nur: ja?

Kennen wir. An diesem Punkt ist es schon klar: sie wird
heute abend ausgehen. Krümel unterm Tisch herunterge-
fallenes Brot aufpicken, und denkt, man könne sie nicht
verstehen. Nur Vogelsprache? Aber sind doch auch Ohren, verborgene. Lediglich gut Zureden sei zu erkennen,
das Tier fühle so die Zuneigung, die man ihm entgegen-
bringe, darüber hinaus aber kein Verständnis möglich: das
sieht nur so aus manchmal als verstünden sie uns, eher
Eingebung. Instinkt also bewiesen und aus ihren Worten
am Telefon eine Nähe zum Gesprächsteilnehmer am anderen Ende herausgelesen -gehört.

Am Boden hockend wie Tier, zu Füßen, die eine Hand
vielleicht erscheint unter der Tischplatte, den Kopf leicht
zu berühren, darüber hinaus aber kaum etwas zu sehen,
die Beine unter dem Tisch nur, dazu ihre Stimme. Und
jetzt am Telefon, sie wird sich verabreden, sie wird den
Abend woanders verbringen, ist nicht gerne zu Hause:
muß vorher noch mit dem Vogel raus, ist noch Zeit, bis
später also. Und legt auf. Wird das geflochtene Band her-
ausholen, am Bein festbinden: damit du nicht fortfliegst.

Sie nimmt das Band und wickelt es sich um das linke
Handgelenk, einen Knoten, auf ihrer Schulter dann sitzen

und hinaus, die Treppe hinunter, durch die Straßen, die Sonne geht unter, Passanten sehen herüber: Rabe oder Krähe, die sind leicht zu zähmen. Wind bläht das Gefieder, ein wenig fester die Krallen in ihre Haut, um nicht herunterzufallen: au, sei vorsichtig, die Krallen dringen durch den Stoff. Im Park von der Leine losreißen, über die Wiese hin, Gras ausrupfen, und sie läuft hinterher, Flügel spannen, ihr entwischen. Zwischen den Bäumen hindurch sich verstecken, nicht Laut geben. Ihre Schritte hören, sie nähert sich, kaum kenntlich schwarzes Gefieder am Boden zusammengekauert, zum Spiel. Sie kommt, erkennt den Vogel, bückt sich, umfängt Hals drückt Kopf sanft: habe dich endlich gefunden Schwarzrabenschatz. Komm auf meine Schulter es wird langsam dunkel wir müssen zurück. Nur dreinblicken, Schnabel ein wenig öffnen, ohne etwas entgegnen zu können, ohne etwas ändern zu können, was sie tun will. Alles mit ansehen müssen, und sie denkt, es handele sich nurmehr um einen Vogel mit Vogelgedanken Vogelgefühl, also alle Wünsche verschwunden und Eifersucht nicht mehr, ist fort jede Regung glaubt sie. Und wieder das geflochtene Band wie sie mit der anderen Hand den Körper sanft hält, um das Gefieder nicht zu beschädigen.

Der Rabe sitzt neben ihr, sie hält ihn fest, berührt ihn, ihre Hand nähert sich ihm, streicht über sein Gefieder, sie erschrickt, als der Rabe ihr seinen Kopf in die offene Hand legt, er sitzt auf dem Tisch, sein kühler Schnabel, das weiche Federkleid des Kopfes reibt sich an ihrer Handfläche, er schließt die Augen, öffnet den Schnabel ein wenig, sie fühlt die Kanten auf ihrer Haut, sie zieht die Hand zurück, der Rabe öffnet die Augen, richtet den Kopf auf, sie fährt mit den Fingern durch sein Gefieder, spürt den auf der Haut anliegenden Flaum, der Rabe hat die Augen geschlossen, er fühlt sich warm an, sie hält ihn mit beiden Händen, drückt ihn ein wenig an sich, sieht an ihm vorbei, er plustert sich auf, bleibt aber ganz still, sagt kein Wort, er spreizt die Flügel ein wenig, dreht den Kopf zu ihr, springt ihr auf die Schulter, krächzt nahe ihrem Ohr, eine Feder liegt auf dem Tisch, sie streicht dem Raben über die Flügel, sieht nur die hellen Unterseiten, wenn er die Flügel spreizt, sie bleibt ganz still, sagt kein Wort, die Frau mit dem Raben, so heißt eine Zeichnung von Picasso.

Die Sprache der Würmer. Als es Würmer gibt am Abend. Oder nur Kornzeug, Blätter durchstöbert, Salat. Hat sie etwas hingestellt, in der Küche am Boden ein Napf. Beim Aufpicken winden sie sich. Runter dann den Schlund. Zum Bad hüpfen und ihr zusehen, wie sie sich fertig macht: Lippenstift, kämmt sich das Haar, scheint den Vogel am Boden nicht zu bemerken. Flattere ein wenig mit den Flügeln: na, sagt sie, bist du noch nicht müde. Bevor sie geht, richtet sie Gras auf dem Tisch her, breitet es aus, flicht Halme ineinander: daß du ein Nest hast, wo du in Ruhe schlafen kannst, muß nämlich gleich weg, komme erst spät wieder zurück. Sie hält zum Abschied noch die offene Hand hin, Körner auf der Handfläche, um sie herunterzupicken: hast du noch einmal etwas zu essen. Mit der Hand über den Kopf gefahren, ins Nest gesetzt, die Lippen an den Schnabel geführt, nur kurz, dann ist sie weg.

Wenn sie nur nicht die Katze hereingelassen hat aus Versehen, daß sie sich versteckt, dann später sich anschleicht, zur Zerfleischung überzugehen nach einigen Minuten Tatzenspiel mit dem Federknäuel, am Boden es hin und her rollen lassen, mit der Pfote stoppen und zwischen die Zähne nehmen, die rötlichen Spuren über den Boden hinweg, Zeichen des Spiels. Und Federn überall im Zimmer, reißt sie aus zum Spaß, am Ende völlig unkenntlich, Wunden gerissen, wenn der Schmerz erst einmal nachläßt, längst aufgefressen.

Vorgang einer Vogelwerdung: erst ein Ansatz von Flaum, Verhärtung einzelner Haare zu Kielen, das ergibt Federn am Ende. Schmälern den Kopf, die Augen seitlich verschoben, die Ohren verschwinden, nur noch Löcher im Gefieder, anders hören und sehen (vergehen). Auswachsung der Lippen, kaum mehr zu bewegen nach kurzer Zeit, Muskeln verschwinden daraus, nur noch harte Schnabelverkrustung. Verdunkelung des Körpers im allgemeinen. Geschmack von Gras auf der veränderten Zunge: körnig, mit Widerhaken versehen, welche die Halme in den Schlund befördern. Stutzung der Arme, Hände verschwinden, statt dessen Auffächerung zu Flügeln, und kleiner wird der ganze Mensch, mit Verkürzung der Beine einher geht die Verknorpelung derselben, kralliges Fußgerät entsteht. Und damit geht der Vogel seiner Sprache verlustig, kein vernünftiges Wort mehr, kann nur noch flügelschlagen, piepsen. Rückgängig zu machen das alles wäre nur möglich durch ihren wie auch immer gearteten Einfluß, kaum bestimmbar, was geschehen müßte, weil Ursache der Verwandlung dem Opfer nicht bekannt. Aber mit ihr habe es zu tun: mit ihren Augen? Ihrer Stimme?

Was verlorengegangen ist an diesem Körper durch fremden Einfluß, nämlich Aufschub des ›ich‹ bis auf weiteres. Das kann nichts sagen, das Tier, das da auf dem Tisch hockt und an Grashalmen knabbert. Wenn der Schmerz erst einmal, der Schorf. Die Vernichtung von Sprachwerkzeugen. Wie ihr aber deutlich machen, daß sehr wohl alles verständlich, was sie spricht, daß hier auch noch der Eifersucht ein Herz gewachsen ist? Verletzliche Beißerei beizubringen beizeiten, da sie ständig außer Haus ist, in der Nacht wenn sie zurückkommt, falls. Ein Schmerzensaufschrei ihr zeigen mag, des Menschen Leib dem Vogel nur genommen. Verzweiflungstaten statt dessen vorläufig, das Nest verlassen, Vogel über den Tisch. Und immer ihr freundliches Reden, bevor sie geht: mache noch die Heizung an, damit dir am Abend, in der Nacht nicht kalt wird. Oder beim Hinaussehen aus dem Fenster: nein kann dich nicht einfach allein hinauslassen, das ist zu gefährlich, denk nur an die Katzen, und vielleicht findest du gar nicht mehr zurück hierher. Dann ganz allein des Flügels Schlag über die Augen gelegt zur Dunkelheit. Des Schnabels Härte eignet sich dazu, in Blumentöpfen herumzuhacken, Blätter zu entfernen und Blüten, die dann verstreut herumliegen und mit Erde auch vermischt den inneren Zustand dieses Tieres auf das deutlichste darzustellen vermögen. Die Spitze des Schnabels, um in einem aufgeschlagenen Buch herumzupicken, auch eine Seite teilweise herauszureißen und auf den Boden fallen zu lassen. Was sonst noch. Das Federbett angemessener Ort des Kampfes mit sich selbst der Vogelkreatur der Rabenbrut: leicht in den Bezug ein Loch gerissen, aus dem die Bettfedern zu zupfen sind, die sich unter Flügelschlägen im ganzen Raum verteilen. So bis zur Müdigkeit und weiter, bis schließlich wieder in das Nest, bald schlafend, träumend Widerwärtigkeit des Fliegens:

Etwas Schwarzes fällt aus dem Fenster, schwebt auf die Straße hinunter, jemand ruft hinterher, aus der Wohnung, nicht zu verstehen, der Wind trägt, dann ist er so stark, daß er das schwarze Stück wieder hinauftreibt, am Fenster vorbei, plötzlich ein Windstoß, bin über den Häusern, weiß nicht, ob von unten noch jemand nachruft, nur dieses gleichmäßige Rauschen in den Ohren, im Gefieder der Wind, treibt die Flügel auseinander, dann liegen auf einmal die unteren Seiten der Flügel oben, Sehnengeäst, nichts zu entziffern.

Rette mich zu einem offenen Fenster, bleibe erst auf dem Sims sitzen, ein Geruch nach Verbranntem, niemand ist zu sehen, Wohnung verlassen, Vogel wagt sich hinein, fliegt ein Stück bis zum Tisch, da liegt ein Zettel, Zeilen in einer unleserlichen Handschrift, als hätte jemand mit der linken Hand geschrieben, Schrift auf links gedreht, der Wind von draußen weht das Papier auf den Boden, die schwarzen Federn, Kiele, eine ganz andere Schrift, Durchzug, am anderen Ende der Wohnung ein zweites offenes Fenster, oder jemand ist zur Tür hereingekommen, Krächzen zu hören oder knarrende gleich zuschlagende Tür. Was hat der Vogel hier zu suchen.

Doch um des Raben Schmerz sich weiterhin kein Mensch bekümmert, nicht bevor geweckt er durch Geräusch von Tür, da eintritt K. und sieht was ist geschehn, ein Kampf, doch in Gefolgschaft drängt sich noch ein Mann, den Tier nicht kennt, doch unschwer zu erraten folgern ist, daß dies die Stimme Telefon, am andern Ende nachmittags. Doch sie: was ist passiert? Sie nimmt den Raben in die Hand und tröstet ihn, da sie noch nicht auf die Idee gekommen ist, das Unheil sei verursacht worden durch ihn selbst, eher als Opfer dessen denkt sie ihn. Der hinter ihr kommt näher, sieht über ihre Schulter: ich wußte gar nicht, daß du solch ein ausgefallenes Haustier hast.

Er kümmert sich nicht weiter darum, läßt seinen Blick umherstreunen im Zimmer, sie und der Vogel sehen zu.

Er nimmt ein Buch aus dem Regal, das er zu kennen scheint. Vor kurzem noch gehörte es dem Tier, das nunmehr nicht länger in der Lage ist, darin zu lesen, gar nichts entziffern mehr, auch keinen Brief mehr, den sie ihm vielleicht schriebe.

Er schlägt das Buch auf, murmelt etwas, seine Mundwinkel verziehen sich, er schaut auf, beginnt beinahe zu lachen, sie aber bleibt ernst, also macht er auch ein ernstes Gesicht, ist ein wenig verwundert, sagt aber nichts. Er legt das Buch auf den Tisch, während sie den Vogel wieder in sein Nest setzt, jetzt hellwach von dem Gehörten, wie ›ich‹ zu sagen sei von einem Fremden. Und davon, daß da jemand lachen wollte über das, was er gelesen hat, die Worte, die der Vogel auch vor seiner Verwandlung selber noch gelesen. Hier Krächzen des Vogels, erschrocken weiten sich die Augen des Fremden, da nun das Federvieh das Nest verläßt, im Sturzflug dem Besucher an die Schläfe seinen Schnabel schlägt. Der Angegriffene fuchtelt mit den Armen, doch schimmern schon drei rote Spuren über die Schläfe hinweg, mit der Hand hält der Fremde sich die Braue, leckt sich das bißchen Blut von den Fingern, aufgeschrien hat er kurz, sie setzt den Vogel schnell zurück ins Nest, der Fremde sagt: das hätte auch danebengehen können, knapp am Auge vorbei, ich wußte nicht, daß deine Krähe so gefährlich ist. Natürlich, denkt das Federvieh, das sollte ja ins Auge gehn. Sie schiebt den andern aus dem Zimmer und schließt die Tür.

Man zieht mir die Haut ab man neckt mich. Man rupft mir die Federn, fährt mir durchs Haar man reißt mir das Haar büschelweise aus es geht nicht ohne Schmerz. Man fährt mir über den Mund man gibt mir zu hören. Zu hören was vorgeht aber immer erfahre ich alles als letzter. Am Ende sogar warten dasitzen ohne daß etwas geschieht, was braucht man denn um zu erzählen. Erstens ein Stück abgezogener Haut daß das Fleisch einen Laut von sich gibt, Mundfleisch dann in Bewegung sobald. Zweitens die Geschichte die beim Erzählen entsteht, während des Zusehens Zuhörens erzähle ich vom Verwandeln ins Vogel-Ich das zerfällt bald zu einer Nebenfigur. Aus jeder noch so kleinen Begebenheit herauszulesen. Man fällt mir ins Wort. Man hält mir den Schnabel zu mit der Hand. Man bindet mir die Flügel bis in die Nacht, stutzt sie. Dies schrieb ein Krallenmensch, the bird is open

15. Warum ist das was Frauen sagen

Warum ist das was Frauen sagen wahrer als das was Männer sagen Papierfetzen im Waschbecken steuern den offenen Ausguß an tauchen unter im Wasserstrudel verschwinden in der Leitung eines Abends treffe ich ihn allein
an in der Wohnung er wartet auf sie gibt mir die Hand als
ich komme ist sichtlich verwirrt hat nicht erwartet ange-
troffen zu werden von mir ein wenig Blut tritt aus seinem
Mund feines Rinnsal von den Lippen herab über das Kinn
er scheint es gar nicht zu bemerken wie Blattgeäder bildlich zur Verwundung wie auch immer er an diese Verletzung gekommen sein mag innerhalb des Mundes aber
wohl ohne zu große Schmerzen daß es ihm noch nicht aufgefallen ist verschiedene Möglichkeiten für Verletzungen
im Mundraum Zunge aufgerieben vom Lutschen Gaumen
Haut abgeschabt von zu grober zu harter Nahrung nicht
zerkauen sondern gegen den Gaumen reiben mit der
Zunge so Abschürfung und leichter Blutfluß mit Speichel
vermischt es tut zwar ein wenig weh aber ich wußte nicht
daß ich blute Punktierung des Hemdes drei Punkte mar-
kieren auffällig eine Linie auf der sie liegen angenommene
Linie wenn man will sich darauf einläßt es so zu sehen aber
warum sollte man das tun warum sich so viele Gedanken
machen über diese Person dazu gibt es andere Personen
über die sich Gedanken zu machen bis in die kleinsten De-
tails wie geht es ihr heute wo befindet sie sich gerade und

solche Dinge die zu überlegen herauszufinden ohnehin schon genug Zeit einnimmt im Tagesverlauf eines jeden Menschen oder vielleicht nicht eines jeden das zu beurteilen werde ich mir keine Zeit nehmen wie gesagt er gibt mir die Hand ist aufgestanden vom Stuhl als ich eingetreten bin ich mag seine Hand aber gar nicht nehmen das heißt also er streckt mir seine rechte Hand entgegen so daß ich sage ich muß mir erst einmal die Hände waschen und guten Abend gesagt während ich ins Bad gehe er seine Hand wieder zurückzieht was sollte er auch sonst damit tun als ich zurückkomme hat er sich wieder an den Tisch gesetzt über etwas gebeugt anscheinend liest er aber worin weiß ich nicht er sieht nicht auf zu mir ich wüßte auch gar nicht was ich mit ihm reden sollte er sagt gar nichts darüber daß er hier in der Wohnung ist sie muß ihm die Schlüssel gegeben haben daß ich von nun an keine Ruhe mehr haben werde hier und immer darauf gefaßt sein daß er zur Tür hereinkommt also auch wenn sie nicht anwesend ist das Gefühl er höre aufmerksam auf das was ich mache dabei vorgebend er läse und ob er überhaupt lesen kann das überlege ich aber nicht im Ernst oder? Abgewürgte Textstelle also das Gluckern des ablaufenden Wassers wenn Luftblasen in den Strom miteingeschlossen sind falls er gehen wollte und mich bäte ihr zu sagen er sei dagewesen ich würde ihr niemals etwas von ihm ausrichten nie seine Worte freiwillig in den Mund nehmen sie weitergeben verletzen daran die Mundhöhle weiß er denn nicht daß ich gerade diese Wörter sofern ich sie kennte aus meinem

Wortschatz streichen würde um möglichst wenig mit ihm gemeinsam zu haben der Sprache nach es ist ja schon genug daß es bei einfachen Satzstrukturen und den meisten Wörtern ohnehin kaum Variationsmöglichkeiten gibt so daß wir sicherlich einen Großteil unserer Sätze und Wörter miteinander teilen ohne daß ich es will müßte ihm das Sprechen verbieten man müßte ihm das Sprechen ganz verbieten und erst an dieser Stelle fällt mir auf daß sie so lange weg ist vielleicht gar nicht zu ihm gegangen sonst wäre sie doch schon längst wieder zurück also trifft sie womöglich jemand anderen pulsiert fast das heftige Atmen eine Spur Speichel todesschlaftrunkener Blick und Irrereden bis ins Kino den Blick geheftet auf sie Kameradin weil ich sie beobachte wie eine Kamera wie man sagt während sie den Blick auf die Leinwand heftet im Halbdunkel die Hände umfassen die hölzernen Armlehnen des Kinositzes wie kommt es zum Erscheinen der Hände wie gelangen die Hände ins Blickfeld und ihr Gesicht wo doch der Film läuft warum sich nicht darauf konzentrieren wie sie es tut bei helleren Filmeinstellungen kann ich im Widerschein des Lichts auf ihrem Gesicht den jeweiligen Ausdruck ablesen gespannt oder gelangweilt und sie dreht mir den Kopf zu fragt warum siehst du nicht auch den Film an kein Wort verlieren kein Wort darüber die schnell wechselnden Bilder der mit drei Personen besetzte Pkw biegt von der Landstraße in den Landungssteg ein mit hoher Geschwindigkeit fährt der Wagen auf das Wasser zu in einer Nahaufnahme sieht man daß die am Steuer sitzende

Frau die Augen geschlossen hält die Arme steif die Finger um das Lenkrad gekrallt während die beiden im Wagen sitzenden Männer in Panik versuchen ihr das Steuer aus der Hand zu reißen sie sagt selbst wenn da der Wagen schon auf dem Landungssteg fährt nützt es doch gar nichts mehr die Fahrtrichtung ändern zu wollen dann landet man ja noch schneller im Wasser man muß versuchen die Frau dazu zu bringen den Fuß vom Gaspedal zu nehmen und zu bremsen wenn man das überhaupt will warum sollen sie nicht alle drei ertrinken an den Rändern des Narrativen findet der Krieg statt wie ich mich auch immer verstellen mag tun wie ein Tier und nur Geräusche von mir geben Knacken auch vielleicht Knirschen der Knochengelenke als Sprache anzusehen was ich auch immer erzählen mag oder wenn ich Sätze überspringe Buchstaben auslasse auch wenn ich sage sie solle fehlende Wörter erraten ergänzen wenn ich auch immer wieder behaupte die Position zu wechseln aus verschiedenen Haltungen heraus sie anzu-sprechen meine wie ich mich auch immer herausrede vorgebe einfach nur zu erzählen verpacke alles seltsam kompliziert dabei handelt es sich um eine ganz einfache Geschichte und ich habe nur Angst sie ihr so zu erzählen wie sie passiert ist damit sie keinen Verdacht schöpft um wen es sich bei den in der Geschichte vorkommenden Per-sonen handelt und so ganz einfache Dinge wann wird er sich endlich entscheiden zu gehen er bleibt sitzen oder läuft mir hinterher in die Küche beim Aufräumen bemerkt nicht einmal diesen Wink wenn ich schon beginne zusammenzuräumen sollte er doch merken daß jetzt bald Schluß ist Idiot ... was mir am besten gefällt sind die weißen Rückseiten der beschriebenen Blätter ... die Punkte ... jeweils drei Stück ... ins Papier gedrückt von der Schreibmaschine ... erscheinen auf der Rückseite ... als Erhebungen ... wie Blindenschrift ... und sonst nichts ... daß man gleich ... ohne weiter nachzudenken ... mit den Fingerkuppen über sie hinwegfährt ... daß er nicht selber müde wird und auf die Idee kommt zu gehen ... was erwartet er denn noch heute abend ... sie wird nicht mehr zurückkommen ... oder vielleicht ist sie gar nicht weggegangen ... schläft schon längst ... und wir haben einfach vergessen in ihrem Zimmer nachzusehen ... stimmlos bin ich am Ende ...

16. Das Menschenfleisch

Wohin geht sie, wen trifft sie, ich werde das nie erfahren,
weil ich nicht nachfrage, und wie sollte ich, und warum
sollte ich das tun, Neugier markiert wie ins Fleisch ge-
bohrt. Kommt das zum Vorschein, mein Suchen und Auf-
merken, irgendwo, wenn sich der Schlüssel im Schloß
dreht, höre ich auf zu lesen, warte nur, daß sie hereinkommt. Ich sitze, lehne mich an eine Holzwand, die
Hände sind gefesselt auf dem Rücken. Und dann ist sie da,
und ich sehe sie an, wozu, was meine ich erfahren zu können aus ihrer äußeren Erscheinung bei der Ankunft. Wie
sich ein Gefangener wehrt, weil er festgehalten wird von
Männern, die ihn erschlagen wollen, der eine hält mit beiden Händen eine übergroße Keule, ist bereit zum Schlag.
Mein Blick fällt auf die Haltung ihres Körpers, mit Ohren
achte ich auf ihre Stimme. Sie fängt an zu erzählen, sobald
sie im Zimmer steht und mich begrüßt hat, doch ich erfahre nichts.

Ich sage, meine Hände sind gebunden, weil ich sie nicht
fragen will, doch sie scheint davon gar nichts zu bemerken. Sie fragt: was sollen wir denn heute kochen? In meinem Kopf die Wörter: Kochen Lunge Zunge. Eine Fiktion dessen. Katzenfutter, dafür eignet sich das Zeug. Sie
streicht die Anrede, wenn sie zur Tür hereinkommt, doch
das hat nichts zu bedeuten. Ich sehe einen anderen Gefan-

genen in meiner Nähe liegen, mit dem Gesicht dem Boden zugewandt, ist ohnmächtig anscheinend, denn er macht keinen Versuch, die Körperlage noch zu ändern, obwohl nun schon seit einiger Zeit ein Blutrinnsal unter seinem Kopf zusammenläuft zu einer Lache, das Blut das stammt von einem Hügel abgetrennter Leichenteile mir gegenüber. Oder wechselt sie langsam die Erscheinungsform, skull / Skalp, und ich bemerke es anhand von Kleinigkeiten Wörtern oder Pausen im Gespräch, die sich ergeben, wenn sie nicht weiterspricht oder erst wartet, daß ich anfange zu sprechen?

Ich lauf ihr hinterher, geh in die Küche, da steht sie und hat ausgepackt, in ein Papier gewickelt etwas Weiches liegt auf dem Tisch, um das herum sich eine Lache rötlichbraunen Saftes schnell gebildet hat. Die Schreie des Gefangenen übertönen noch die dumpfen Schläge der Holzkeule, der eine Mann schlägt mehrmals zu, bevor das Knochenknacken, das Aufbrechen des Schädels zu hören ist. Sprungartig bildet sich ein Riß quer durch die Haut des Kopfes, aus dem langsam das Blut tritt. Nur keine Hautverletzungen zulassen, keine Körperveränderungen, weil man mich dann nicht wiedererkennt, das ist das Ende, nur keine Schmerzen zulassen, Körper läßt Blut laufen, ich habe so viel von diesem roten Zeug, alles gefleckt übermalt, durchgestrichen, Flecke in die Haut gerieben, beim Rasieren ein Stück Haut, es muß die Stelle unsichtbar gemacht werden, hier ist ein Unterschied zu sehen, nicht durchgehende Körperummantelung, des Spiegels Blut will wiederkommen. Ich muß es aufhalten, weil es ihr sofort auffallen würde.

Oder nach einem Sturz die Abschürfung an einer Hand, mit der ich mich aufgestützt habe, um den Sturz abzufangen, warum hört es nicht auf zu bluten, und noch nach Wochen eine rote Stelle am Handballen, wo Schorf fehlt, es will nicht verschwinden. Von Zeile zu Zeile Entzifferungskünste, von Wunde zu Wunde, woran sie mich erkennt, ich erlerne das Stottern, Poltern und Fluchen vor ihren Augen, doch keine Wörter mehr. Nachdem mit der Zerteilung des toten Gefangenen begonnen worden ist, kommen die beiden Männer auch auf mich zu. Es tropft das fremde Blut herab von der Holzkeule und bildet eine Spur im Sand entlang des Weges. Ich lasse mich mit dem Oberkörper zur Seite fallen, wie um zu zeigen, daß ich ohnmächtig geworden sei. Ich hoffe, daß die beiden sich entscheiden, erst den anderen Gefangenen, der sich schon lange nicht mehr rührt, mitzunehmen und mich vorerst noch verschonen.

Aus einer Tüte auf dem Tisch ist Obst herausgefallen, die Milch kommt in den Kühlschrank, Joghurt rot von Erdbeer, Kirsche. Nun liege auch ich mit dem Gesicht inmitten der Blutlache, spüre den seltsamen Geschmack auf meiner Zunge, mit Sand vermischte Flüssigkeit streift meinen Gaumen. Ich versuche dann mich wieder aufzurichten, um zu sehen, ob der andere Gefangene schon mitgenommen wurde. Ich stütze mich mit meinen Händen auf, die sind gebunden, verletze mich dabei, die scharfe Kante eines Steins ritzt mir ins Fleisch. Sie wird mich nicht wiedererkennen, sie steht und klopft ein Fleischstück breit, sie trifft auf einen Knochen und das knackt, zersplittert im Gewebe das Gerüst, ein Kürbis liegt für Salat dort. Das Blut, das sich aus Kopf und Hirn ergießt, wird gleich in einem ausgehöhlten Kürbis aufgefangen, entfernt man noch den Sand, kann man es trinken, roh.

Ich lasse meinen Körper wieder fallen, weil die Kraft nicht ausreicht. Doch da ergreift der eine Mann von hinten meinen Oberkörper, richtet ihn auf und klemmt dann meinen Kopf fest zwischen seine Beine, um so die Hände freizuhalten, mit denen er jetzt meinen Mund aufsperrt. Ich habe kaum noch Kraft, versuche meine beiden Kiefer fest aufeinander zu pressen, doch wird mir zwischen die Backenzähne ein Holzstück geschoben, damit ich den Mund nicht mehr schließen kann. Ein Stück vom Kürbis hängt mir quer im Mund, ich kann es nicht zerkauen, sie schaut und lacht und nimmt ein Messer, um das Stück zwischen meinen Zähnen zu zerschneiden.

Ich öffne eine Dose mit Tomaten, der Dosenöffner schneidet mir ins Fleisch, ein wenig Blut tropft in die Schüssel, vermischt sich mit Salatsoße, ich kann das Blut nicht mehr entfernen und verrühre das Gemisch, das uns zu einer Art Blutsbrüderschaft verhelfen wird ohne ihr Wissen. Nun wird von hinten über meine Augen hinweg mit einer Hand in meinen Mund gegriffen, die Hand will meine Zunge fassen, doch ich bewege wie verrückt den Muskel hin und her, der ist mit Speichel auch benetzt, so daß die fremde Hand, selbst als sie ihn ergriffen hat, doch wieder abrutscht. Sie lassen meine Zunge eine Zeit bei offenem Mund im Luftzug austrocknen, ein pelziger Geschmack, dann greift die Hand erneut und zieht die Zunge raus so weit es geht aus meinem Mund, ein stechender Schmerz an meiner Zungenwurzel. Sie läßt das Fleischstück in die Pfanne fallen, ein Zischen und verbranntes Fett steigt auf zur Zimmerdecke, sie sagt: ich hätte auch das Fleisch noch kleiner schneiden können, jetzt brauche ich den Pfeffer, etwas Salz und Knoblauch.

Die Zerlegung der Körperteile und ihre Zubereitung: das Menschenfleisch, Kokettieren mit einer leiblichen Erscheinungsform, einer leibhaftigen. Zunächst die Arme, dann die Beine und schließlich den Kopf. Mit anderen Worten: zunächst werden die peripheren Teile abgetrennt, oder auch Knochenarbeit, sauberes Abschälen des Fleisches, damit keine Reste bleiben. Das geschieht mit Hilfe einer Steinschneide. Nach diesen Vorbereitungen wird der Rumpf entlang der Wirbelsäule gespalten, und man entfernt das Herz und die Gedärme. Ich schneide Zwiebeln, sofort beginnen meine Augen zu tränen, ich halte die Hand vor die Augen, aber es ist die falsche Hand, so daß die Augen nur noch mehr tränen, ich kneife sie zusammen, ich will etwas sagen, sie sieht mich an. Verrichtungen des Sprechmuskels, Zusammenziehen und Entspannen, das läuft schon nicht mehr richtig, damit gibt es Schwierigkeiten: die Zunge herausgerissen?

Es hat mir die Sprache verschlagen oder verschnitten, ich habe mir die Zunge verbrannt an einem Wort, einem Satz, den ich nicht richtig aussprechen kann, so daß sie mich verwundert anschaut. Nein: ich verbrenne mir die Zunge, als ich das Essen probieren will, um nachzuwürzen. Spreche fortan wie ein Tier, ich passe auf, daß ich die verbrannte Hautstelle nicht berühre, mit den Zähnen, dem Gaumen, also ständig den Mund ein wenig offen lassen und alles undeutlich aussprechen, was soll ich machen. Oder ich spreche eine Zeitlang gar nicht mehr, eine Lücke im Gespräch, und sie sagt auch nichts. Sie stopft mir das Maul, sie lähmt meine Zunge, ohne es selber zu wissen. Daß ich denke, es gibt zwei Möglichkeiten, sich eines fremden Körpers zu entledigen: man kann ihn auslöschen durch Schweigen oder durch Verspeisen. Erst jetzt sehe ich, daß der zweite Mann sich meinem Gesicht von vorne nähert: ein Messer in der Hand, visiert er meinen Mund an und versucht, die Klinge am Zungengrund mir anzusetzen, der Geschmack geschliffenen Metalls und Schnitt, kein Wort.

Rappelt das Herz, fällt's auseinander oder muß es nur husten? Dann wenn die Stelle verheilt scheint, wenn kein Blut mehr fließt, kein Schorf zurückgeblieben ist, sieht man die Stelle noch immer, leicht gerötetes Stück Haut, am Handballen der Fleck. Der Körper gibt nicht auf, die verletzte Stelle sichtbar zu halten, also sehe ich, also sage ich, wird das denn nie verschwinden, und weiß schon gar nicht mehr, wie die Verletzung zustande gekommen ist, wer sie mir zugefügt hat, so lange ist das schon her. Also warum sehe ich sie noch, Haut hier glatter als an anderen Stellen der Hand, und beim Zusammenziehen umso mehr Falten, es ist nicht nachvollziehbar, warum gerade dieser Hautfleck mir im Gedächtnis bleiben soll, wenn schon nicht die Ursache seiner Rötung mehr, wo der Körper auseinanderfällt, weil ihm etwas zugestoßen ist, weil ihm jemand etwas angetan hat, also vielleicht K., wenn ich recht überlege.

17. Geheimsprache

Das Bild zeigt das Gesicht eines Mannes im Profil, mit weit aufgerissenen Augen und geöffnetem Mund, sogar die Zunge erkennt man, ihre leicht poröse Struktur wird von Punkten in verschiedenen Rot-Tönen dargestellt. Das Profil ist nach links gewandt, doch die Pupillen scheinen in der rechten Bildhälfte, also hinter dem Kopf, etwas entdeckt zu haben. Tatsächlich sieht der Betrachter auf der rechten Seite des Bildes einen schwarzen Fleck, der sich bei genauerem Hinsehen als ein Federknäuel entpuppt, ein Rabe, dessen Auge ein rötlich-brauner Punkt ist, den ein ebenso gefärbter Hof umgibt. Die Figur des Raben symbolisiert gemeinhin die Eifersucht, der die im Profil dargestellte Person zu erliegen droht. Bei längerer Betrachtung bemerkt man, daß sich das Gefieder des Raben zu bewegen scheint, die schwarze Fläche hebt und senkt sich, als atmete das Tier.

Das Profil des Mannes ist nicht nur gemalt, es scheint aus richtiger Haut zu bestehen, die eingefärbt wurde. Man erkennt Poren und feine Risse, Menschenhaut stellt Menschenhaut dar. Nun verzieht sich das Gesicht an der linken Seite, verschwimmt, als bewegten sich die Gesichtsmuskeln heftig, um das Profil herum wird eine leichte Äderung auf hellbraunem Grund sichtbar, es handelt sich wirklich um Haut, ein Körper, der sich bewegt, wurde gezeichnet auf einen Körper, der sich bewegt.

Tatu heißt: einen Schlag versetzen, es versetzt mir einen Schlag, zu sehen, daß ihre Haut verdeckt ist mit einer Zeichnung, daß ihre Haut an dieser Stelle fortan unsichtbar bleiben wird, bis an ihr Lebensende gezeichnet. Daß nämlich diese farblichen Einritzungen als Botschaften gesehen werden können, eine sprachübergreifende Möglichkeit der Kommunikation.

Tatu heißt: auffallen, mir fällt auf, daß sie solche fremden Zeichen auf der Haut trägt, ich weiß nicht, seit wann, ich bekomme nur noch selten ihre Haut zu Gesicht, beim Umziehen, wenn sie nicht bemerkt, daß ich ihr zuschaue, oder wenn ein Hosenbein hochrutscht beim Übereinanderschlagen der Beine im Sitzen, sie hat sich von jemandem berühren lassen, das hat Spuren hinterlassen.

Tatu heißt: mit Schmerz erfüllen, die heiße Nadel hat sich ihr in die Haut geritzt, ins Fleisch gegraben, doch sie hat nicht zusammenzucken dürfen, die Nadel wäre ausgerutscht, die Zeichnung verwischt. Daß diese eingebrannten Figuren Entdeckungen sein können, die man an einem anderen Körper macht, wenn man einander auszieht und eine Zeichnung zum Vorschein kommt, von der man nichts wußte, mit den Fingern darüber hinwegfahren und lesen, mit der Zunge darüberlecken, aber die

Figur hat keinen Geschmack, außer dem Geschmack der Haut.

Tatu heißt: plötzlich verfallen in, nun ist sie in einen anderen Zustand verfallen, ist eine andere Frau als vorher, ihr Körper, und was kenne ich nun noch an ihr, wie bekannt ist mir diese Haut noch, da sie dieses Mal trägt. Daß nämlich das Aufgreifen der tahitischen Tradition einerseits zur Dekoration des Körpers verwendet wurde, andererseits aber auch, um geheime Botschaften zu übermitteln, indem man einem Boten eine Nachricht in die Kopfhaut tätowierte, so daß er sie gar nicht kannte und also auch niemandem verraten konnte. Hatte der Bote sein Ziel erreicht, wurde ihm der Kopf geschoren, und die Zeichen kamen zum Vorschein. Es sind geheime Zeichen, die sie mit ihm vereinbart hat, sie haben ein Zeichensystem entwickelt, aus dem ich ausgeschlossen bin, er sieht eine Stelle ihrer Haut und kann sie lesen, weiß etwas damit zu verbinden, dieses Mal bedeutet das und das, aber ich weiß nicht, was das heißen soll.

Tatu heißt: sich an etwas oder jemandem stoßen, ich berühre sie nicht mehr, ihr Körper bleibt vor mir verschlossen. Die auf die Haut geschriebene gemalte Warnung sagt: faß mich nicht an, dies ist nicht mehr der Körper, den du kanntest. Daß mit der Zeit dieses System der geheimen Übermittlung von Nachrichten so verbreitet war, daß man oft sogar Personen, die gar keine Funktion als Bote ausübten, sicherheitshalber skalpierte, um später auf den abgezogenen Kopfhäuten nach Botschaften zu suchen, die einen Aufschluß über die geplante Vorgehensweise des Feindes geben konnten. Vielleicht hat auch er sich tätowieren lassen, die gleiche Stelle, dasselbe Motiv, und sie verständigen sich auf diese Weise. Mein Körper aber, zeichenlos, wird nicht mehr wahrgenommen, das Bild mit dem hackenden Rabenschnabel ist auf meiner Brust nicht zu sehen zu spüren zu schmecken.

Er tastet ihre Haut ab, er spürt die Adern unter seinen Fingern, die Wärme des Blutes. Daß ein Bote also die Möglichkeit gehabt hätte, sich selber zu skalpieren, um an die geheime Botschaft zu gelangen, wobei er eine gewisse Schnelligkeit und Geschicklichkeit der Vorgehensweise an den Tag hätte legen müssen, damit ihm die von der Stirn herunterlaufenden Blutströme nicht die Augen verklebten, bevor er mit dem Entziffern der Haut begonnen hätte. Ich bin nicht in der Lage, diese Sprache zu verstehen oder zu sprechen, die aufgerissenen Augen sind meine, der offene Mund, und mir im Nacken der auf mich einschlagende Schnabel, welcher meine Kopfhaut ritzt, um sie mir abzuziehen.

Er fährt über den offenen Mund hinweg, über die Augen, er spürt die Atembewegungen des Vogels, er umkreist das Auge des Raben, das sich unter der Berührung zusammenzieht. Daß man, selbst wenn man kein Bote war, aber dennoch aufgegriffen und skalpiert worden wäre, irgendwo in einem Gebüsch gelegen und auf den Tod durch Verbluten (oder Sauerstoffmangel) gewartet hätte, während ein Stück des eigenen Körpers von anderen durch die Gegend getragen würde. Sie will dieses eingebrannte Bild vor mir verheimlichen, mit meinem Blick würde ich es ihr herausschneiden aus dem Körper.

Tatu heißt: das Licht fällt ein, auf ihre Haut, ich sehe die Zeichnung ganz deutlich, als sie schläft, das matte Rabenauge, die Brustwarze reflektiert das Licht kaum. Im übrigen war es üblich, den Boten nach dem Überbringen einer Nachricht zu töten, damit niemand anderes die geheime Botschaft lesen konnte. Diese Tatsache wurde aber dem Boten verständlicherweise nicht bereits vor Antritt seiner Mission mitgeteilt, weil er sonst vielleicht geflohen wäre oder die in seinen Körper eingravierte Nachricht an denjenigen verkauft hätte, der ihm versprach, ihn nach dem Lesen nicht hinzurichten.

Ich seh nur seinen widerlichen Schatten in der Küche sich über den Tischkantenschatten beugen, neben den Schatten K.s, der Schatten seiner Arme wird in K.s Armschatten gestreckt.

Ein Händewechseln, mal halte ich die Zigarette in der linken, dann wieder in der rechten Hand, ein Wechsel der Stimmlage, wenn ich die Zigarette rechts halte, spreche ich lauter, als wenn ich sie links halte. Habe ich Rauch im Mund, kommt meine Stimme von ferner her, als wenn ich mit leerem Mund spreche. Spreche ich, während ich die Zigarette zwischen den Lippen halte, hört es sich an, als sei mein Mund verwachsen oder wenigstens die Lippen an den Rändern zusammengewachsen, daß sich der Mund nicht ganz öffnen läßt, Makel der Gesprächsführung.

Die Schattenmasse beider Körper wächst zusammen, nur der Schatten ihrer Hand ragt da heraus, die sie gehoben hat, der Schatten beider Körper schwankt ein wenig, dann löst ihr Schatten sich heraus, sitzt aufrecht auf dem Schattentisch, die Silhouetten der Profile ineinander fest verklebt, bis Schatten-Er den Schattenmantel abgeworfen hat und sich ihr Schatten ihm entgegenwirft.

Ein Wechsel der Hirnhälften beim Ausmalen von Bildern, hebe ich die linke Hand, habe ich etwas plastisch vor Augen, hebe ich die rechte, sehe ich nur Bewegungen von Körpern, nichts darüber hinaus, das ist alles rein organisch bedingt, sage ich mir und will die rechte Hand nicht wieder herunternehmen, damit die Phantasie nicht zu arbeiten beginnt: aber warum dann diese beiden Personen, sie und er, warum nicht jemand anderes, und wie ist es dazu gekommen, genau dazu und nicht zu etwas anderem.

K.s Beinschatten ragen mit gebeugten Knien über seinem schattenkriechenden Körperschatten auf, der hebt sich über den Bauchschatten von K. oder wohin das Bild kriecht, dann nämlich wenn Fleisch und Fleisch, was sage ich, es gibt Momente, wo ich finde, daß die Sprache noch gar nichts ist.

Ein Stück der Haut, ein Körperteil, das ist Erinnerung, und gibt es ein Stückchen Fleisch, welches dafür zuständig ist, daß man durch Einfluß darauf auch Einfluß auf den ganzen Körper des anderen nehmen kann, sind es die Augen, die Fersen, ein bestimmter Muskel, was ist damit zu tun, anzuschauen zu berühren, damit der ganze Körper sich nach meinem Willen zu verhalten hätte, ohne etwas dagegen unternehmen zu können, ohne es überhaupt zu merken, magnetisches Knochenwerk. Daß ich sagte: was ich sehe, soll nicht mehr so sein, wie ich es sehe, die Schatten verschwinden, es wird Tag, oder das Licht geht aus, damit keine Silhouetten mehr da sind, oder ich an seines Körperschattens Stelle.

Die Schatten seiner Hände drängen sich in ihren Schattenrock, der Rockschatten gleitet zurück und sein Unterleibsschatten wühlt sich in den Schatten der entblößten Schenkel K.s.

Auf dem Tisch eine Lache, zähflüssiges glasiges Zeug, durch das ich mit dem Finger Linien ziehe, es auf der Tischfläche verschmiere und Zeichen male, die unsichtbar bleiben. Ein unappetitlicher Text. Ich hebe die rechte Hand: vom Tisch wird gegessen, sonst nichts, man setzt sich hin und nimmt eine Mahlzeit zu sich, das ist rein organisch bedingt, der Körper braucht Energiezufuhr, um zu funktionieren, nichts sonst. Doch wird mir die Hand lahm, ich lasse sie auf die Tischplatte fallen, vom Tisch wird nicht nur gegessen, und wozu benötigt der Körper denn Energie, wobei verbraucht er sie wieder, am Tisch wird kommuniziert selbstverständlich, auf allen Ebenen, man unterhält sich, die Nahrung unterhält sich mit den Enzymen, die Körper unterhalten sich miteinander. Die Sprache und ich, wir drehen dann gemeinsam durch.

Einer seiner Armschatten ist in seinen Unterleibsschatten hineingebogen und zieht daraus seinen Schwanzschatten. Diesen aufragenden Schatten stößt er, nachdem die Beinschatten K.s sich hoch über seinen Schulterschatten gelegt haben, in den schweren, prallen Schatten des Unterleibes von K. hinein. Der Schatten seines Unterleibes hebt und senkt sich.

Wenn nur ein Hirntumor von der sich nie beruhigenden, ständig mit der Produktion von Bildern beschäftigten Phantasie langsam Teile wegfressen könnte, dann wäre immer weniger ich fähig und dazu bereit mir etwas auszumalen, angefangene Geschichten Äußerungen weiterzudenken, zu einem vollständigen Bild zu machen, damit ich nur sähe, was da ist, gewesen zu sein scheint, und nichts darüber dann hinaus, warum kann dieser Schatten meines Körpers sich nicht mit den einfachsten Erklärungen zufrieden geben, krankheitshalber Schattenausfall.

K.s Schatten wölbt sich auf, die Silhouetten beider Köpfe, wieder ineinander fest verkrallt, bewegen sich und werden schmaler, so daß ich bald nicht mehr entscheiden kann, ob es sich überhaupt um Schatten zweier Leiber und nicht um einen Körper handelt. Dann biegt sich schon der Schatten K.s hoch auf, und sein Schatten wirft sich gewaltsam noch einmal in ihren Schattenunterleib hinein, worauf die beiden Schatten wieder auseinanderfallen und zusammenbrechen, einer auf dem Tisch, der andere aufrecht davor, und Schatten atmen heftig.

Wenn die Gewalt der Körper nur zu sehen, doch keine Bilder noch dazu, was sie fühlt und wie das ist und wie das schmeckt, die Haut des andern Wärme. Und Gewalt im Kopf, die so entsteht, ganz einfach ausgelöscht, daß nur Bewegungen zu denken wären: hin und her die Körper. Dieser Punkt, wünsche ich mir, wär zu erreichen. Nicht Beziehungen herstellen, Fragen lauten: warum der, nicht jemand anders, nichts ist zu interpretieren, nur Sex, man brauche das halt ab und zu, und will nicht mehr, nichts was darüber dann hinausginge, kein Beiwerk. Wenn mein Körper nur dahin käme, daß er das so, nicht anders sähe. Hautfalten, die am Himmel sich bewegen, und der Mond jetzt nur noch als eiförmiger Bedeutungsträger, ganz einfach einen Text oder eine Textstelle auszulassen, wäre nichts zu lesen zwischen Zeilen, Hautfalten und Körpergrenzen, die da aneinanderschaben.

Einander ordnen sie das Haar, die Körper immer noch erregt, drücken die Brüste und Hüften fest aneinander, sie streichelt die Hoden ihm, sein Glied zittert wie schlagendes Herz vor Erregung, noch einmal entblößt er ihr die Hüften, streicht ihre feuchte Unterhose über die Knie und pfercht seinen Schwanz zwischen ihren gespreizten Schenkeln in den strohblonden Schoß. Ein schönes Bild, aber getürkt aber getötet, der Schattenschatten den ich meine.

Der Mann: mir inmitten meines Hirns meinen eigenen Schlachthof herrichten, aufgeschnittene Rinderkörper an Fleischerhaken, die Metzger hantieren mit ihren stahlglänzenden blutglänzenden Messern so routiniert, als handelte es sich nicht um Werkzeuge, sondern um Körperglieder, Verlängerung des rechten Arms Klinge, Verlängerung des linken Arms Haken zum Wenden und Bewegen der Fleischteile. Wie viele Arme hat der Mensch, Extremitäten spezialisiert auf das Zertrennen von Körperhälften, Beine nurmehr rudimentär ausgebildet, damit Gummistiefel drüberpassen, damit man in Blut Sülze Körpersäften herumschluffen kann ohne auszurutschen. Wahrnehmungsfähigkeit auf ein Minimum reduziert, schaut gar nicht mehr hin beim Schneiden der Schlachter, sieht gar nicht mehr, wie das Blut auf die weißen Kacheln spritzt. Hört gar nicht mehr, wie das Fleisch blökt, nein Stop Korrektur: Fleisch blökt nicht. Bereits an der Rezeption das E-Schockgerät an die Halsschlagader angelegt, macht das Fleisch stumm, Kommunikationshemmer, geht alles elektrisch, braucht man niemandem mehr das Maul zu verbieten. Hört also nicht mehr die Geräusche des Fleisches, der Schlachter, Reiben der Innereien aneinander beim Austritt aus der sicheren Körperummantelung. Hört nicht mehr das Schaben der Knochen, wenn er mit dem Messer ausrutscht. Und riecht nichts mehr, welcher Trottel hat da wieder mit der Darmentleerung geschlampt. Riecht nicht mehr das frische Blut. Raucht eine Zigarette, der Metzger, vom Zeigefinger roter Fleck am Filter ein Zischen das feuchte Papier verbrennt.

Die Frau: er beobachtet mich, scharf wie ein Messer, er sieht mir ins Gesicht, wenn ich ihn nicht anschaue, und er denkt, ich bemerkte das nicht, jede Bewegung, jeden Gesichtsaudruck, als wolle er etwas erfahren, das ich vor ihm verheimliche. Er hört die Geräusche von der Straße. Er sieht eine Amsel auf dem Kamin hocken beim Öffnen des Fensters. Er setzt an, um etwas zu sagen, sagt aber nichts.

Der Mann: hellrot dunkelrot. Das Herz pumpt ohnehin nicht mehr in diesem Stadium der Fleischverarbeitung, also verschleimt alles, das ist dann mitunter ein wenig unangenehm, da mit den Händen reinzugehen und die Gedärme rauszuholen, falls die nicht von alleine kommen. Oder stellen Sie sich vor, da verhakt sich der Dünndarm an einer Rippe und platzt auf beim Rausziehen, das ist wirklich widerwärtig, das ganze Zeugs platscht auf die Gummistiefel und Schürze, nur gut, daß hier Handschuhe getragen werden.

Die Frau: einmal, während ich schlafe, wird er sich daran machen, meinen Körper zu sezieren, um alles über mich zu erfahren, um zu sehen, wie mein Organismus funktioniert. Auf der Suche nach Geheimnissen wird er Zellen aufschneiden, in denen er gespeicherte Gedanken zu finden erwartet, damit er mich in- und auswendig kennt. Er wird schon jetzt seine Vermutungen anstellen über mein Innenleben, wird Listen anfertigen, die Lage der Gefäße, nach altüberkommener Theorie, in verschiedenen Schichten des Körpers, wovon die äußeren in Haut und Fleisch, die inneren in den Organen und schließlich in Knochen und Mark: das ist zu überprüfen. Ich bei lebendigem Leibe, doch schlafend, wie sich die Träume plötzlich ändern, nun wird mir die Haut abgezogen, nun werden vorsichtig Muskelschichten voneinandergehoben mit dem Skalpell, und die Luft dringt ins Gewebe vor, schon setzt der Prozeß der Verwesung ein, während der Kopf noch beschäftigt mit Traumarbeit.

Der Mann: ich sehe das Rind hängen, aber es trägt den Kopf des anderen, der schaut mich an, heraushängende Zunge zack weggeschnitten, aufs Förderband geworfen, verschwindet in der Häckselmaschine, kommt Wurst raus, die spricht nicht mehr. Nur vielleicht, daß die Wurst noch Geräusche von sich gäbe auf Brot: gerade will man ein Stück abbeißen, da rührt sich etwas, meint man Versatzstücke von Wörtern zu hören. Das kann nicht sein, also rein damit in den Mund, fremde Laute übertönt vom Kauen, mit Speichel vermischen und runterschlucken.

Die Frau: er macht sich über den anderen lustig. Der andere erwähnt ihn nie. Wenn ich vom anderen nach Hause komme, wartet er auf mich. Ich weiß nichts zu erzählen. Er beobachtet mich. Ich in der Küche. Er bekommt einen Wutanfall, unter der Wucht seiner Armbewegung fällt ein Glas vom Tisch und zerspringt. Er weiß, wo ich war. Der andere weiß, wo ich war. Die Amsel hat sich verzogen. Er sammelt die Splitter vom Boden auf und schneidet sich in den Finger. Blut klebt an einer Scherbe in seiner Hand. Er läßt die Scherben fallen. Der andere drückt zu, es knirscht, während die Hand sich zu einer Faust schließt. Er läuft fluchend aus der Küche. Die schmale Blutspur zum Bad verfolge ich nicht.

Der Mann: sie sagt nein, ich will wenigstens noch ein Stück von ihm aufbewahren, eine Locke, ein Ohr zur Erinnerung, ein Ohrläppchen zum Beweis, daß es ihn gegeben hat. Doch ich habe das Kopffleisch schon in den Wolf reingedrückt, du wirst dich nicht erinnern, ihn je gekannt zu haben. Schnell leckt sie eine kleine Blutlache vom Tisch auf, ihr Körper nimmt dieses Blut auf, wo es sich mit ihrem Blut vermischt, eine Erinnerung inmitten des Körpers, und ich Opfer einer Verschwörung, nämlich daß sie sich geschworen haben, einander nicht zu verlassen.

Die Frau: er fingert an mir herum, der andere berührt mich. Im Wind schlägt das Fenster auf und zu. Der andere schließt es, nachdem er die auf dem Kamin sitzende Amsel verscheucht hat. Ich spreche mit niemandem, ich presse die Lippen fest aufeinander, ich lasse meinen Körper plakatieren mit Zahnabdrücken. Ich trage zwei Häute, je nachdem, wer bei mir ist. Eine Haut für ihn, eine für den anderen, ich trage dann die abgezogene Haut auf der Stange hinter mir her, um sie bei Gelegenheit überstreifen zu können.

Der Mann: ich will nur diesen anderen Mann beseitigen, es ist dann nur das Fleisch, das ich noch sehe, gesehen habe, und dazu JUST MY IMAGINATION, unter Umständen ist dies die tödliche Kombination, es rauscht in meinen Ohren, das Blut pulsiert in meinem Kopf, die Zellen arbeiten, damit ich mir Blut vorstellen kann. Kein Mensch hat soviel Blut, wie mein Gehirn sich ausdenkt.

Die Frau: und die Knochen freilegen. Er notiert: dreiundzwanzig Arten Knochen. Er hat von solchen Dingen keine Ahnung, vierundzwanzig Rippen brechen, achtundzwanzig Wirbel vom Rückenmark freischaben, um Stück für Stück meinen Körper auseinanderzunehmen, jedes einzelne Teil einer genauen Untersuchung zu unterziehen, aus der Sammlung aller Verzweiflungssplitter herauszulesen, was er nicht versteht, aber verstehen will. Schon hat er eine Liste angefertigt, die er vor mir geheimhält, auf der die nötigen Geräte aufgeführt werden: Skalpelle und chirurgische Messer in den verschiedensten Formen, Sägen, Scheren, Äxte und Hiebinstrumente, Zangen, die man bei Amputationen verwendet, denen die Namen von Vogelschnäbeln gegeben sind.

Der Mann: kachelglänzende Graffiti, alles vollgeschmiert mit unlesbaren Zeichen in meiner Hirnbaracke, letzte Botschaften des Schlachtviehs um mich herum. Will denn keiner diese vielen Wörter und Sätze aufwischen, aber niemand scheint sie überhaupt zu bemerken, niemand liest, was ich lese, ich ein Opfer meiner eigenen Entzifferungskunst, Anklagen, die sie mit den Fingern überall notiert, daß er am Ende doch nicht verschwunden ist, obwohl sein Körper nicht mehr existiert, oder wieviel muß noch von einem Menschen übrig sein, damit man ihn als Menschen bezeichnet, es genügt schon ein Tropfen Blut. Sie sagt: ich wußte, er würde mich nicht allein lassen. Aber dazu kommt es nicht, das findet in meinem Hirnschlachthof statt, sie hört nichts davon, bekommt nichts mit von den Abschlachtungen des Viehs, kein Blut kommt zum Vorschein an der Hautoberfläche, ich murmele vor mich hin, und sie fragt nicht, was ich gesagt hätte, es ist nur, daß die Hirnwindungen sich selbst verwursten.

Die Frau: ich lasse das Licht brennen, wenn ich schlafengehe, ich wickle mich in die Decke ein, damit ich merke, falls er meinen Körper berührt, mit seinen Fingern über meine Haut streicht, um eine geeignete Stelle zu finden, an der er das Messer ansetzt. Daß er mir meine zweite Haut abziehen kann, Poren als Informationsträger, um zu wissen, wie ich dem anderen entgegentrete, die einzelnen Poren absuchen, den Geruch des anderen einziehen durch die Nase, in den Hautfalten nach Zeichen suchen, die auf

das Zusammensein mit dem anderen hindeuten, die es ermöglichen, Schlüsse zu ziehen über das, was geschieht
ohne sein Wissen. Und ich am Ende hautloser Körper,
pulsierendes Gewebe, die Oberfläche augenscheinlich
verletzt offengelegt, ihm zur Erforschung, die Haut in
Streifen geschnitten, über die Schädelnaht hinweggefah-
ren auf der Suche nach dem Urgeräusch, daß ihm die
Laute es ermöglichen, sich ein Bild zu machen, Körperge-
räusch abhorchen, wenn ich schon nichts mehr rede,
scharf wie ein Messer.

Während sie damit beschäftigt ist, ziellos in einem Sprach-
lehrbuch herumzublättern, indem sie immer wieder einige
Seiten vor-, dann zurückblättert, ohne aber längere Zeit
zu lesen (vielleicht will sie nur kontrollieren, welche Lek-
tionen noch zu bearbeiten geblieben sind, vielleicht über-
prüft sie ihr bereits vorhandenes Wissen anhand von
Stichproben einzelner Wörter oder Phrasen, die sie auf
Anhieb zu übersetzen oder deren Lautbild sie sich vorzu-
stellen versucht: von Zeit zu Zeit probt sie einen Ablauf
von Lippenbewegungen), einen Daumen zwischen die
Seiten gelegt, ohne die andere Hand zum Blättern zu ge-
brauchen, mit der sie sich geistesabwesend durchs Haar
fährt, vielleicht, um das Haar aus dem Gesicht zu streichen, das die Sicht behindert, weil sie den Kopf leicht über
das Buch gebeugt hält, der Buchrücken liegt auf der
Handfläche, ohne daß das Buch je ganz aufgeklappt
würde, wozu die linke Hand allein, ohne die Gefahr des
Hinfallens und Zuschlagens des Buches, nicht genug Kraft
aufbringt, was K. dadurch auszugleichen versucht, daß sie
die Blätter auseinanderbiegt, indem sie den Druck des
Daumens auf die hinter dem Buchrücken befindliche
Handfläche verstärkt, um schließlich das Buch durch das
Herausziehen des Daumens aus dem Zwischenraum zwi-
schen zwei Blättern zusammenzuklappen und es auf den
Tisch zu legen, eher fallenzulassen, so daß das dumpfe

Geräusch des Aufpralls mich auf K. aufmerksam macht, die mich schon seit einiger Zeit anzusehen scheint, und ich sie ebenfalls ansehe, überlege ich, ob eine gemeinsam erarbeitete, erfundene oder aufgegriffene Sprache (welche vielleicht aus neu erfundene Lautkörpern bestehen könnte) überhaupt das erhoffte Maß an Verständigung und Verständnis erbringen könnte, das doch vielleicht nicht nur von der Sprache selber, sondern auch von den Sprechenden abhängt. Nur das, und die Einbildung als willkommene Illusion.

Abgerissene Plakatreste, das Wörterbuch von jetzt ist reif für die Kannibalisierung, wenn ich nun alles vergessen haben sollte, wenn ich ihr nun nicht mehr weiterhelfen kann, weil ich nichts mehr weiß von der Geheimsprache, buchstabenweise kommt ihre Person zum Vorschein, kommen Halbmenschen ins Spiel (nämlich ich), Verwachsungen Heimsuchungen, es wird nicht erwähnt werden, man wird darüber hinweggehen, ja nicht darüber sprechen, der eine trägt zwei Gesichter zwei Kopfansätze, wohingegen der andere lediglich ein Auge inmitten der Stirn aufweist, nur in Blicken andeuten oder verschweigen, nicht sich anmerken lassen, daß einem die Veränderungen am Körper des anderen aufgefallen sind, der eine trägt einen Hundekopf und gestikuliert mit den Händen, wohingegen ein anderer am Boden liegt, einen überdimensionalen Fuß in die Höhe streckt und das Bein mit beiden Hände umklammert, als Mensch schon nicht mehr durchgehen, und Kannibalismus beginnt mit Atemnot, weil die Sprache verschwindet.

Sie sagt das Wort, sagt Körperspeise. Ich habe, und weiß nicht wie oft, nun schon gesagt, daß meine Bronchien nur noch gekochtes Gummi sind, mein Herz arbeitet nicht mehr, verschlissen wie es ist. Alphabetisierung vorbei, nichts lesen lassen, sagt sie, Sprache zu Ende, zur Häutung freigegeben, tautologisch ins Menschenherz hinein sich fressen, es rückwärts sprechen, Muskeln voneinander trennen. Oder ausweiden, beizeiten, den Brustkorb, wo das Ding schlägt, geschlagen hat: könntest du bitte kurz deinen Pulsschlag ausschalten.

Der Körper sagt: warten. Worauf denn. Doch Antwort geben mag er auch nicht. Geht im Verlauf, geht der Fluß Redefluß nicht weiter, zieht sich der Muskel nicht mehr regelmäßig zusammen, bleiben Pausen in der Rede, die Stellen, wo das Herz stockt, da gibt es nichts zu sagen, und man schaut nur verloren in die Welt hinein, bis der andere sich vielleicht abwendet, da gibt es nichts zu erklären, warum. Und was ist das für ein Gefühl, was muß das für ein Gefühl sein, ein Gespräch als erster beenden zu wollen, nur zu warten, bis der andere fertig ist mit dem, was er zu sagen hat, aus Höflichkeit, um dann zu sagen, man habe keine Zeit, oder sich jemand anderem zuzuwenden oder einfach den Blick wandern zu lassen, bis der Sprechende merkt. Daß Sprechen hier zwecklos ist. Was ist das für ein Warten und wie lebt man mit diesem Gefühl, Gespräche als erster beenden zu wollen. Und wie selten bin ich in dieser Situation. Zuhören, wenn ein Vertreter an der Tür steht, daß er endlich aufhört zu reden, dann die Tür schließen, ohne noch viel gesagt zu haben, welche Wörter sind zu teilen, da sie nicht aufblickt, hier schließen sich Herzrhythmusstörungen an: man hört statt der Wörter nurmehr Ströme von Blut aufeinandertreffen in den Adern, weil es keinen regelmäßigen Fluß mehr gibt, Blut schlägt vor die Herzklappe, durch die Haut hindurch hört man es, ein Schwappen, dann Stocken, ich hoffe nur, es gerinnt nicht auf der Stelle. Sie fragt nicht einmal: wo kommt dieses Geräusch her? Wörtlichkeit abgelegt, haben wir überhaupt einen gemeinsamen Wortschatz? Oder übernimmt man zeitweise einfach die Wörter des anderen, ohne ihre Bedeutung zu kennen, denn es geht darum, daß etwas gesprochen wird, sonst nichts. Oder ausbluten lassen, weil es keinen Kreislauf mehr gibt und sich das Blut nicht weiterbewegt, mit dem Messer ansetzen: hier siehst du, was ich rede. Wo kommt denn das ganze Blut her? Sagen wir mal, es handele sich um Geheimschrift auf dem Teppich. Pulsiert, Herz tut seine Arbeit und rumort, zeitweise ist ein durch das Eindringen von Luft in den Muskel verursachtes schmatzendes Sauggeräusch in der Stille wahrzunehmen.

Sie wechselt den Namen, damit ich keine Anhaltspunkte habe, um sie aufzuspüren, *Frauen tragen für gewöhnlich den Namen von Vögeln, Fischen und Früchten,* ich will sie rufen, doch ich kenne ihren gewöhnlichen Namen nicht mehr, Vogel Fisch, mit der Erscheinungsform ändern sich auch unsere Namen, also wenn sie bei ihm ist, heißt sie anders, als wenn sie mit mir zusammen ist, *und daß jedesmal, wenn der Gatte einen Gefangenen tötet, er und seine Frau sich einen neuen Namen zulegen,* jetzt wo die Haut sich abschält von allein, seit Tagen spüre ich schon die Stelle, an der das Messer ansetzen wird, oder wenn sie zu sprechen beginnt, weist sie mir einen neuen Namen zu, den ich tragen werde in Zukunft.

Ich sitze ... also Sie wissen ... greife über den Tisch hinüber ... ein wenig den Herzrhythmus gestört ... der Muskel zuckt innen ... und sie hat das Buch dorthin geworfen ... es sind einige Seiten davon eingeknickt ... meine ausgestreckten Finger ziehen das Buch näher ... zu meinem Körper heran ... und ich hebe es auf ... schlage irgendeine Seite auf ... will sehen was sie gelesen hat ... noch kurz zuvor ... was da einen Weg gemacht hat durch ihren Kopf ... wessen Gedanken wo ... eine Hirnhälfte kommen die französischen ... andere die deutschen Vokabeln ... nein Spalten im Buch ... oder vielleicht Gedanken woanders als blätterte sie ... also Wörter und Wendungen ... die sie ... die ich ... Entsprechungen jeweils derselben Begriffe bedeuten ... kaum überhaupt falls übersetzbar ... nicht weiß ... sonst wohl deutsche Wendungen für französische hingesetzt ... geschrieben ...

mein Französisch auffrischen sagte sie ... das ist der Horror dieser Satz ... das heißt nichts ... das heißt alles ... und bringt mich ... ich meine das macht mich verrückt ... verreckt ... was soll das heißen ... geht hier nur um die Art der Aussprache ... solch eine Bemerkung ... lediglich Schneiden der Gehörmuskulatur ... das Trommelfell angeschnitten ... Schallwellen ... Fremdkörper machen das kaputt ... kann doch nicht ein Wort diese Sprache ... sag mal wie sprichst du da ... ich nicht gar nichts verstehen ... hat sie mir gesagt sonst ... jetzt nicht mehr ... hat sie mir Wörter vorgesagt beigebracht ... aber jetzt nicht mehr das ... kenne keine mehr ... oder sind auch Lücken in der Spalte ... wo keine Übersetzung möglich ... oder mein Wörterbuch verloren ... wo hätte nachgeschlagen ... schauen einzelne Wörter ... und daraus Wendungen zusammenbauen im Kopf ... daß ich dann wüßte wo sie mir nicht sagt ... sie mir nicht sagen will ... also ich annähernd eine Ahnung was sie spricht ... davon Nebenbedeutungen kommt alles mit rein ist immer dabei ... nur ein bißchen Französisch auffrischen ... auch Nebenbedeutungen oder nicht ... ganzen Rahmen der Bezüge in den Sinn rufen ... frage ich geht das ... sie antwortet nicht ... ich nur das Buch in Händen ... sie nicht da ... oder ihre Assoziationen sind andere als meine ... so ausgeliefert komme ich nie dahinter was sie verbindet ... nicht zur Deckung bringen kann ich ... Verbindungen ablesen aus Spalten ... aber nicht aus Hirnhälften ihr ... also vielleicht ganz falsche Verbindungen herstellen von denen sie nicht weiß ... oder was sie ausspricht mit ihrer Stimme bedeutet wieder etwas ganz anderes ... als wenn ich spreche ... am Sprechen also ungefähr so hundert Muskeln ... sich bewegen ... und jeder Muskel wieder hundert ... von den motorischen Einheiten ... heißt es also jeweils zehn davon in einem Augenblick bei der Arbeit ... und vierzehn Laute pro Sekunde ... das sieht dann bei ihr ganz anders aus als bei mir ... so also in jeder Sekunde vierzehntausend Muskeln ... Neuronen ... Bewegungen ... Ereignisse und alles korrekt ... korrekt in einen Ablauf eine Leistung ... daß völlig verschiedenes Sprechen eigentlich jeder Mensch ... und sie und ich ... daraus folgt nämlich bereits bei der kleinsten Abweichung ... obwohl wir das gleiche zu sagen scheinen ... also ich anschauen ihre Handschrift ... wo einige Wörter sie geschrieben in Spalten hinein zu den anderen ... kleine Schrift schwierig entziffern ... ganze Aufmerksamkeit meine ... mein Wortschatz erschöpft ... kann nicht nachvollziehen einerseits kaum lesbar ... andererseits auch ihre Assoziationen nicht kennen ... und merken daß diese Vorstellung einer gemeinsamen Sprache ... nämlich sie und ich ... die Vokabeln nur für uns ... Ecke in meinem Gehirn verloren hat ... daß da leer ist ... ein leerer Raum ... erst wieder füllen ...

21. Wracks von Körpern

Wenige Stunden vor seinem Tod diktiert der beinamputierte und völlig gelähmte (Artaud? Roussel? Rimbaud) folgenden Brief: Knacken oder Knirschen des Knochenvorrats, Durchbrechen -sägen, Wracks von Körpern, abhandeln. Die Wunde ist noch nicht richtig vernarbt, noch Blut, also in Tücher gewickelter Stumpf, um das Bettzeug nicht zu durchtränken, wird es regelmäßig gewechselt. Infiziert? Eiternde Wunde? Man gibt mir keine Auskunft über meinen Zustand, es wird nur immer wieder versucht, den Körper zu wenden, in eine andere Lage zu bringen, damit ich nicht wundliege. Dabei gebe ich Laute von mir, die hier in diesem Brief schriftlich nicht wiederzugeben sind, zum Glück vielleicht. Um auf Ihre Bemerkung zurückzukommen, daß an einem Brief zuviel fehle von den Sinneseindrücken, die über geschriebene Buchstaben hinausgehen: so sich beim Sehen, beim Streifen über Gegenstände die Begriffe, welche diesen Dingen zugeordnet werden, in Gedanken vorsprechen, also Nest beim Anblick eines Nests, gleich darauf Krähe beim Anblick einer Krähe. Dabei wäre ein Begriff wie Flug schon eine schwierigere Sache, denn es könnte sich mit den Augen eines anderen lediglich um das Herumhüpfen von einem Nest zu einem zweiten, in der Nähe gebauten, handeln. Lassen Sie mich also den Fahrpreis der Verbindung von / nach wissen. Ich bin vollständig gelähmt, ich wünsche daher rechtzeitig an Bord zu sein. Sagen Sie mir, um wieviel Uhr ich an Bord gebracht werden muß (Handzeichen nunmehr unmöglich).

Eine Last: ein Zahn allein. Er liegt und diktiert mir diesen Brief, unterbricht immer wieder. Er hat mich gebeten, ihm gegenüber nie von der Angst zu sprechen, die ich vor dem Zahnarzt habe, denn er fürchtet, ich könnte meine Angst durch Ansteckung auf ihn übertragen. Lider halb über die Augäpfel gerutscht, Pupillen darunter hervor in meine Richtung, bewegt er den Mund, spricht langsam, was auch auf seinen Tablettenkonsum zurückzuführen ist: am Abend, um sechs Uhr, nimmt er sechs Phano-dorm-Pillen ein, um halb zwei morgens noch einmal sechs. Am nächsten Nachmittag um fünf Uhr acht Hipalen, um halb zehn zwei weitere und gleich darauf nochmal vier, weitere dreißig im ganzen während der Nacht.

In feinmaschigen, für das menschliche Auge beinahe unsichtbaren Netzen, welche man in den Bäumen aufspannt, werden verschiedene Arten von Vögeln gefangen, die sich mit ihren Krallen in den Maschen verfangen und sich durch ihr Flügelschlagen nur immer weiter in die Netze verstricken, bis sie vor Erschöpfung beinahe bewegungsunfähig sind und nur noch von Zeit zu Zeit ein wenig zappeln, so daß man sie erst gar nicht bemerkt oder diese schwarzen Knäuel vielleicht erst für Früchte oder Blätter hält. Man teilt die Beute auf in Vögel, die sich aufgrund ihrer Exotik, ihres bunten Federkleids oder ihres bekannten, als reizvoll empfundenen Gesangs zum Verkauf eignen, und in solche, die sich nicht verkaufen lassen, die aber, aufgrund ihrer Größe und der Schmackhaftigkeit ihres Fleisches, verzehrt werden können. Lediglich Krähen, die sich manchmal in den Netzen verfangen, aber mit ihrer Kraft und Ausdauer nicht selten die Netze zerreißen und entfliehen, lassen sich keiner dieser beiden Gruppen zuordnen: zwar kann man sie, wenn sie jung sind, leicht zähmen und auch zu sprechenden Vögeln machen, doch lohnt es sich weder, sie wegen ihres Gesangs, der nur aus ohrenbetäubendem Gekrächze besteht, zum Verkauf anzubieten, noch kann man ihr Fleisch als Delikatesse kochen oder braten, da es sehr zäh ist und einen fahlen, etwas strengen Geschmack hat. Fängt man eine Krähe, läßt man sie meistens fliegen, oder man schlägt ihr, aus Ärger darüber, daß sie das Fangnetz zerrissen hat, mit einem Stein den Kopf ein, indem man sie in das Netz eingewickelt läßt und sie vor dem Zuschlagen auf einen harten Untergrund legt.

Ins Nachthemd verklebter Restkörper, schmierig verschwitzt, nasser Stoff reibt auf der Haut, ich pflegte meine Kragen nur einmal zu tragen (denn ich verabscheue Gewaschenes), meine Hemden nur ein paarmal, einen Anzug, einen Mantel, einen Hut oder Hosenträger nur fünfzehnmal, einen Schlips nur dreimal, nun aber kaum mehr das Nachthemd gewechselt, weil es zu schwierig ist, den schweren, steifen Körper zu bewegen, ihn an- und auszu-

ziehen. Immer wieder kreisen Gedanken um diese Prozedur des Kleiderwechsels, die nun endgültig unmöglich ist,
es setzt sich fest in meinem Kopf, wie festgesetzt auch dieser selbst, nicht mehr beweglich jetzt, da er von fremder
Hand gedreht werden muß, in entsprechende Position gebracht, um den Blick zum Fenster zu ermöglichen.

Eine Last: zwei Zähne. Da er sonst fürchtet, in Gesprächen Anstoß zu nehmen oder selber zu erregen, sagt er, er
stelle den Leuten Fragen, um jede gefährliche Unterhal-
tung mit ihnen zu vermeiden. Deliriert jetzt, es ist kaum
etwas zu verstehen von den Satzfetzen, die er von sich
gibt, muß oftmals Wörter ergänzen für ihn, er nickt mit
dem Kopf, das heißt: ja, dieses Wort soll geschrieben werden. Aber manchmal auch gar keine Reaktion, dann
macht er eine Pause, fängt vielleicht an einer anderen Stelle
wieder an, so daß Sinnzusammenhänge erst hergestellt
werden müssen, Diktat zerfällt in einzelne Laute.

Das Sehen allein dem Mund überlassen, eingefaßt von den
Lippen die Umgebung greifbar machen, schwärzliche
Umrandung jetzt nur noch. Strich gezogen mit Kohle, ein
Kreis im Gesicht, wo sich die bläuliche Äderung verdun-
kelt, eine Stummfilmvorführung, die ich biete, deutlich
nachgezeichneter Mund, um die Stelle zu zeigen, um die
Bewegungen nachvollziehbar zu machen, wenn schon
nichts zu hören ist, und auch die Augen nur schwarzweiß:
Umrandung und Punkt darin, der sich hin und her be-

wegt, so daß man weiß, wohin gesehen wird, als Anhaltspunkte bei stillstehendem Körper die Augen, bei stillstehendem Gesicht, das das Bett nicht verläßt, zwei zu-
sammengewachsene Kommata Ränder der Lider, oder
jahreszeitlich bedingtes Totschweigen.

Eine Last: drei Zähne. Im Februar Schwellung des rechten
Knies, Verknorpelung, Unförmigkeit des gesamten Körpers. Am 15. März ist ihm das Aufstehen unmöglich. Auflösung der Niederlassung, am 7. April Aufbruch in einer
Trage nach. Verschiedene Gesichte: hält sich zeitweilig
für einen Affen (Pavian). 20. Mai Ankunft in. 25. Mai
Amputation des rechten Beins. 23. Juli mit der Bahn nach.
Am 31. Juli soll er finster und einsam in einer Straße gesehen worden sein. Wegen Verschlimmerung seines Zustan-
des und in der Hoffnung, wärmeres Klima werde ihm
wohltun, Abreise in Begleitung am 23. August mit dem
Ziel. Will wieder als Elfenbeinhändler arbeiten, Entwurf
einer Beinprothese aus Elfenbein. 24. August Ankunft in,
Aufnahme im Krankenhaus. Krankheit Krebs. Fortschreitende Lähmung aller Glieder.

Jetzt noch von einem Schreibstil sprechen lassen, in dieser
Verfassung kurz vor Ende einen Stil diktieren, auf den
Knochen entlang, und offenes Fleisch, eine Last, ein Los,
zwei Zähne und was sonst noch ausfallen kann, weil der
Körper an irgendeiner Stelle aufbrechen muß, der erste
beste Hund auf der Straße kann Ihnen das sagen. Wo ein

Einschub von Wörtern, aber ohne zu wissen, wie sie zu Sätzen verbinden, auch weil ich mich nicht mehr rühre, nicht mehr rühren werde. Aber ich sage, was geschrieben wird.

Eine Last: vier Zähne. Er ist so schwach, daß er kaum ein Glas heben kann und man ihn fast füttern muß. Aus Angst, im Drogenrausch aus dem Bett zu fallen, schläft er auf einer Matratze direkt am Boden. Noch Wasser trinken in kleinen Schlucken, aus aufgehaltenen Händen gereicht, wobei etwas danebenläuft, tropft aufs weiße Leinen des Nachthemds, Blut tropft auf die Laken, in die Artaud als Marat eingewickelt in der Badewanne sitzt, Überführung des Fleisches in einen anderen Zustand, bisher unbekannt. In das Papier mit dem Brieftext wurden an mehreren Stellen Löcher gebrannt, hauptsächlich jeweils in der Mitte des Blattes. Man kann den Text trotzdem rekonstruieren, da er ihn zur selben Zeit auf der ersten Seite eines anderen Doppelbogens noch einmal niedergeschrieben hat.

Eine andere Form des Tierfangs wird von Fallenstellern betrieben, die ihre Fußangeln aus Eisen, welche mit scharfen Kanten versehen sind (gerade so scharf, daß sie tief genug ins Fleisch eindringen, damit das Tier sich nicht mehr losreißen kann, aber der Fuß nicht vom restlichen Körper abgetrennt wird), zwischen hohen Grasbüscheln auf bekannterweise beliebten Weideflächen auslegen. Oft sind die Kanten der Schnappfallen auch mit einem Gift bestrichen, welches bei der Beute zur Lähmung führt, so daß das Tier sich nicht mitsamt der Falle losreißen und entkommen kann. Nashörner, Elefantenfüße und Elfenbein werden noch vor Ort von der Beute abgeschnitten, da ein Transport solch großer Tiere nicht möglich wäre.

Eine Last: zwei Zähne. Die Zeichnung ist nicht datiert, aber von dem Ereignis, das sie erwähnt, berichtet Artaud in anderen Briefen, daß es sich am 21. Mai, einem Sonntag, zugetragen habe: Knochenmehl streuen, werde ich Sie bei lebendigem Leib auf einem Platz in PARIS durchbohren lassen, und ich werde wo denn sonst wenn nicht in Gedanken, Ihnen das Mark durchstechen und verbrennen lassen, bis zur Auflösung also, daß besser gar nichts mehr übrigbliebe, es ruhig aussprechen, kann ruhig darüber sprechen, Textstellen mit Fragezeichen sind zu überblättern. Ich habe den lebendigen Doppelpunkt mit Fingern gespürt, mich hineinvergraben, Spuren hinterlassen, doch dieser Traum wird sich erfüllen. Oder ein Vogel, der mit dem Schnabel hackt, das Fleisch durchforsten mit Fingernägeln, bei lebendigem Leib durchbohren lassen, ein Schmerz unbedeutend, ich meine unlesbar, und er wird durch mich (großgeschrieben, nämlich wo der Körper leckschlägt) erfüllt. Artaud mit Fermate über dem ›lebenslänglich‹, wie er vielleicht spricht, wenn niemand zuhört, wie er vielleicht spräche, wenn jemand zuhören könnte, einen spitzen Bleistift in den Rücken gestochen, um den Schmerz zu lindern, weil da die Wirbel sitzen, das vegetative Nervensystem auf der Lauer, auf der Spur, fordert ein Zoll, zwei Zähne, drei Zähne, ein Zahn (Wörter in Klammern können gegeneinander ausgetauscht werden).

Eines Morgens gegen sieben Uhr findet man ihn blutend im Badezimmer, er hat sich die Venen mit seinem Rasiermesser geöffnet und lacht schallend, während er sagt: wie leicht ist es, sich die Venen zu öffnen. Das ist gar nichts. Hier Einschnitt und voraussichtlich Ende des Briefes. Dokumente beigefügt nach seinem Willen. Auf Fleischstücke, die den Sendungen an Verwandte und Bekannte hätten beigelegt werden sollen, wie es seinem Wunsch entsprochen hätte, wurde jedoch verständlicherweise verzichtet. Trotz seines kleinen Bekanntenkreises wäre ein nicht unwesentliches Stück des Toten verlorengegangen, ganz abgesehen davon, daß die Post sich sicherlich geweigert hätte, die Päckchen zu befördern. Leiche einbalsamiert und erst später zur Beerdigung freigegeben, so lange noch im Zimmer gelegen (auf der Matratze am Boden? Auf dem Bett? Nicht mehr nachvollziehbar).

Verwaschenes Stück Name, verschmierter Namenszug als Unterschrift, damit Sie erkennen, damit Sie wissen, wer Ihnen diesen Brief. Gesundheitlich gelte ich als angeschlagen, ernähre mich nur noch von Barbituraten (von Zähnen ist nichts mehr zu sehen), schlucke sie unzerkaut, so dahingelebt die Minuten, sind mir die Hände abhanden gekommen auf dem Laken, habe ich sie verloren, eingeschlafen oder endgültig Nervenleitungen lahmgelegt, Regung des Mundes, letztes Französisch:

Wie Taubstummer und Blinder sich miteinander unterhalten, kein Mund am Ohr, nur das leise Atmen, oder wieder als Rimbaud ›ich ist‹ erscheinen, als Flaubert ›ich bin‹, als Auslöser für eine Metaphorisierung (brennender Schmerz). Sie sollen noch etwas davon hören (hier Briefstelle). Wörter in Klammern sind zu überlesen. Die Vorstellung, einander alles von den Lippen abzulesen, unterhalb des Kinns entlangzustreichen, an jener gefährlichen Stelle, wo die Geräusche zu ertasten sind, wo sie ihren Ursprung haben, und ich, ohnmächtig und unglücklich, ich kann nichts finden. In die Falle gehen, in Fußangeln treten, noch diktiere ich, es liegt an Ihnen, die Leithandschrift zu ermitteln, die Leidhandschrift, weil ich nicht mehr kann.

Die Wörter dem anderen aus dem Mund genommen, seine Zunge kann er kaum mehr bewegen, auch Augendeckel müssen ihm abends, wenn er schlafen will, mit der Hand zugedrückt werden, wie für Blinde ein gegenseitiges Abtasten (Sprachgeschmack): schneidet, schneidet, aber gebt mir mein Rauschgift! ruft er eines Tages, als ihm die Drogen fehlen, und will damit sagen, daß ihm die Amputation seiner beiden Arme und seiner beiden Beine wünschenswerter scheint als ein derartiger Entzug.

Ein Vibrieren unterhalb des Kinns (ist abzuschreiben), die Haut also undeutlich, nur mit Fingern zu erkennen. Daß man sich die Begriffe beim Streichen über den Kehlkopf in Gedanken vorspricht, um besser sehen zu können, die fortschreitende Lähmung im Nacken, dann gar nichts mehr, reglos ich bin ein anderer, ich ist Madame Bovary, ein fühlloser Hautlappen, Rest. Ist zu streichen.

Seit einigen Tagen ist die Verbindungstür nachts geschlossen gewesen, während sie vorher offengeblieben war. Am Morgen des 14. Juli klopft K., als sie kein Geräusch hört, an die gemeinsame Tür der beiden Zimmer. Da sie keinerlei Antwort erhält, ruft sie den Etagenkellner. Der geht durch die Flurtür hinein, welche nicht abgeschlossen ist. Auf dem Boden Tablettenröhrchen, einige unbeschriebene Bogen Papier. K. und der Kellner erblicken den Erzähler ausgestreckt auf seiner Matratze, die er bis zur Verbindungstür geschoben oder geschleift hat (was bei seinem Schwächezustand eine übermenschliche Anstrengung bedeutete). Das Bettuch, welches seinen Anweisungen entsprechend jeden Tag frisch aufgezogen werden mußte, ist zu diesem Zeitpunkt bereits seit mehr als zwölf Stunden in Gebrauch. Daß er dies nicht bemängelt, läßt darauf schließen, daß er nicht mehr lebt. Sein Gesicht ist ruhig, entspannt und der Verbindungstür zugekehrt.

22. *Ein toter Vogel schläft im Haus*

Wenn ich jetzt die Hand hebe, wo ist rechts und wo links, nach welcher Richtung geht die Bewegung, der Blick folgt der Bewegung der Hand, und wieviele Finger zähle ich, mißratenes Stimmengewirr. Aus dem Vokabelheft gestrichen. Den warmen Körper. Aus den Augen verloren. Weil das Herz kaum noch zu schlagen weiß. Von Rhythmus bleibt nichts übrig. Oder muß es jetzt nur husten. Es kommt das Blut wieder einmal vorbei (-geflossen), durch den Kopf, wo es gar nicht mehr gebraucht wird. Weil keine Wörter mehr da sind, die ausgedacht werden müßten, ausgesprochen, geformt von Lippen, Zunge und Kieferknochen. Sprachaneignung vorbei, Alphabetisierung schon Schluß. Die Zunge wie angewachsen, mit Zahndamm, Haut und Zahnfleisch verschmolzen: sag das nicht. Was? Das mit den selbsterfundenen Wörtern, die eine andere, vertraulichere Art der Verständigung ermöglichen sollen. Alles mögliche. Herausstreichen. Weil es nicht mehr gebraucht wird.

Szene: Sonnenuntergang, vergrößerte Schattenflächen unter Bäumen, vor Häusern. Zuerst bemerkt man die schwarzen Flecken in den Bäumen, hält sie für Früchte, dann sieht man sie auch auf Telegraphendrähten, Hausdächern, auf der Straße. Ab und zu bewegen sich Schwärme dieser schwarzen Flecken durch die Luft, um sich an anderer Stelle wieder niederzulassen. Schnitt Szenenwechsel ins Innere eines Hauses: es ist dunkel, die Fenster sind von außen mit Brettern vernagelt, nur durch einige Ritzen dringt noch Licht herein. Vor der Tür steht ein Schrank, der von einem Schreibtisch gestützt wird. Es muß eine fast übermenschliche Anstrengung gewesen sein, diesen schweren Holztisch quer durch das Zimmer zu schieben. Schnitt Szenenwechsel Straße: die dunklen Flecken werden immer zahlreicher, bald ist es schon ganz dunkel, obwohl man die Sonne noch am Horizont sieht. Alle Gegenstände sind von einem schwarzen Schimmer überzogen, eine sich leicht bewegende Masse von Flecken, die sich noch immer weiter verdichtet. Schnitt Szenenwechsel ins Innere des Hauses: ich sitze zusammengekauert auf einem Stuhl und schaue ängstlich zum Fenster. Man hört jetzt, wie von außen gegen die Holzverbarrikadierung geklopft wird. Ich stehe auf, um noch weitere Bretter von innen vor die Fenster zu nageln, nehme Holz und einen Hammer, als ich sehe, wie von außen an manchen Stellen Löcher in die Bretter vor den Fenstern geschlagen werden: Schnäbel kommen in den Scharten zum Vorschein. Plötzlich ein Geräusch hinter mir. Es gibt immer einen Eingang, den man nicht bedacht hat: vom Kamin her höre ich ein Flattern, das, im Schornstein seltsam widerhallend, näherkommt. Ruß fällt von oben durch den Kamin ins Zimmer, dann löst sich aus einer Staubwolke am Boden ein schwarzes Knäuel. Ist es sie, die sich in eine dieser Krähen verwandelt hat? Was hat sie vor? Das Knäuel kommt auf mich zu, ich halte die Bretter schützend vor mein Gesicht. Der Vogel fliegt auf und kommt auf mich zu, ich fuchtele mit dem Hammer in der Luft herum, um ihn zu erwischen, schlage aber immer daneben, bis mir schließlich vor lauter Wucht der Hammer aus der Hand fliegt und mit einem Krachen irgendwo am anderen Ende des Zimmers aufschlägt. Schnitt Szenenwechsel: draußen ist es völlig dunkel, ein bedrohliches Schnarren und Flattern in der Luft. Schnitt Szenenwechsel innen: ich schlage mit einem Brett um mich, ohne den Vogel noch sehen zu können. Schnitt Szenenwechsel draußen: das Dach gibt langsam unter der großen Last der Vogelkörper nach. Schnitt Szenenwechsel innen: ich horche, aber der Vogel rührt sich nicht mehr. Will sie mir etwas sagen? Ich nehme das Brett herunter, da hackt mir plötzlich ein spitzer Schnabel ins Gesicht. Schnitt Szenenwechsel draußen: die Verbarrikadierung der Fenster ist unter dem Hacken der vielen Schnäbel zu Bruch gegangen. Schnitt will sie mich umbringen, oder will sie mir nur etwas in die Haut ritzen, mir Male beibringen, die vielleicht etwas zu bedeuten haben, das ich verstehen soll? Schnitt: jetzt ist keine Zeit für eine Diskussion über fleischfressende Vögel.

Ein anderer Film, den wir gemeinsam gesehen haben. Freies Feld, ein Weg, nicht asphaltiert. Wolken, weiter Himmel. Zwei Spaziergänger, die am Feldrand entlanglaufen. Zwischen ihnen ein schwarzer Fleck, der sich mit gleicher Geschwindigkeit fortbewegt. Sie macht mir irgendwelche Zeichen, ich weiß gar nicht, was sie will. Der Rabe läuft immer noch neben uns her, erzählt etwas, die Flügel auf dem Rücken gekreuzt, der Vogel soll das Zeichen nicht bemerken. Aber ich verstehe sie nicht, sie sieht zu mir her, fuchtelt ein wenig mit den Armen, läßt die Hand unauffällig flattern, zwinkert mit den Augen, bewegt den Mund, als wolle sie mir etwas zuflüstern, aber ich höre nichts, sehe nur diese Mundbewegungen, die Lippen, die Zähne. Sie führt die Hand zum Mund, es sieht aus, als nagte sie an einem ihrer Finger, aber ich kann nicht antworten, zucke mit den Schultern, sehe nach dem Vogel, der bemerkt nichts. Sie nimmt die Hand vom Mund, bewegt die Hände in der Luft, als drehte sie jemandem den Hals um, sie scheint wieder an ihrem Zeigefinger zu nagen, ich finde da keinen Zusammenhang. Dann flüstert sie mir etwas zu, nachdem sie sich nochmal nach dem Raben umgesehen hat, der weitererzählt, nichts zu bemerken scheint: wir müssen diesem verfluchten geschwätzigen Vogel den Hals umdrehen, ihn aufessen, damit er endlich Ruhe gibt, ihm die Federn rupfen, die Flügel stutzen, den Schnabel stopfen. Also geben wir keinen Laut mehr von uns, damit er nichts bemerkt, er hat seine Geschichte noch nicht beendet, wir nähern uns dem Tier, sehen in den Himmel, der ist bedeckt, Wolken haben sich übereinandergelegt, wie zerknülltes Papier, aber wieder auseinandergefaltet, mit der Hand glattgestrichen. Wir überraschen den Vogel, packen ihn, halten seine Flügel fest, er kann sich nicht wehren, versucht noch, auf unsere Hände einzuhacken, ein wenig Blut färbt seine Schnabelspitze, schnell stopfe ich ihm den Schnabel mit abgefallenen Blättern, nun erzählt er nicht mehr.

Ihm das Gefieder über die Ohren ziehen, den Schnabel festhalten, dann den Kopf packen und umdrehen, der Schnabel zeigt nach hinten, der Vogel sieht zurück, sein Gefieder sträubt sich, die Augen flackern noch, dann schlägt er nicht mehr mit den Flügeln, es hat geknackt, sein Kopf schlenkert, der Vogel hat keine Gewalt mehr über seinen Körper, die Augen still, den Schnabel losgelassen, er öffnet sich nicht wieder, die zwei Hälften fallen nur vielleicht zufällig auseinander, als holte der Rabe Luft, aber er bleibt ganz still, hat aufgehört zu schwatzen, endlich Ruhe vor ihm, ich beginne, ihm die Federn zu rupfen, erst einzeln, dann ganze Büschel, ich lasse sie zu Boden fallen, einige werden von einem leichten Luftzug hinweggetrieben, verfangen sich aber schon bald im Gras, eine schwarze Stelle am Boden, weich, ich rupfe den Flaum aus, die Kiele sind fest in der Haut verwurzelt, Poren werden hervorgezogen, eine immer größer werdende helle Stelle am Vogel, schwarz umrandet, die Federn fliegen um mich herum, ein Flattern fast, am Ende ist das Tier ganz nackt, alle Federn verstreut. Einen kleinen Haufen Laub zusammengesucht, ein Feuer entfacht, damit wir ihn braten können, damit er endgültig still ist. Ich weiß nicht, er ist ein wenig zäh vielleicht, aber er hält den Schnabel, erzählt uns keine Geschichten mehr. Man sieht, wie einer der Spaziergänger mit dem Fuß auf dem Boden herumscharrt. Naheinstellung: Fuß und verkohlte Grasnarbe.

Umschlagen der Bilder: ist sie Vogel oder er? Ansetzen zum Schlußmonolog: die Schrift abkratzen vom Papier, mit den Krallen, radieren, die Augen auskratzen, die Augen aufreißen, nein, die Zunge ausreißen meine ich, die Zunge ein schlechter Ersatz für die Augen, ein schlechter Vogelersatz, ich will nur radieren, schreibe darum mit Bleistift, Kohle-, Graphit- oder Lackfingern, ich bin des Krächzens und des Singvögelns müde, ich will stammeln, ihr das Stottern beibringen, wortverloren sein, einmal schweigen, so daß wir ganz still bleiben einen Moment, im Dunkeln, und nicht wissen, wo der andere sich gerade befindet, ob er am Tisch, am Fenster, im Bett, aus dem Zimmer gegangen ist, in die Küche vielleicht, oder die Wohnung verlassen. Radieren, so daß man gar nichts mehr lesen kann, Papierfetzen unter den Krallen, Hautfetzen, der Sache auf den Grund gehen, kleine Verletzungen der Haut, ein wenig Blut tritt aus, die Poren aufgerissen, und alle Geschichten, die ich mir ausdenke, werden hinterher wahr.

Schlußmonolog Fortsetzung: der Schnabel zurückgewachsen ins Gefieder, die Flügel abgetrennt auf der Straße, wir kennen das, ein deutliches Bild, wenn ich jetzt die Hand hebe, wo ist rechts und wo links, in welche Richtung muß ich sehen, um sie zu erblicken, sie fällt aus meinem Blickfeld, und ich weiß nicht, ob sie das absichtlich tut oder ob ich nur wie blind bin, Blendung wie Dunkelheit, und wohin ist sie jetzt schon wieder verschwunden, wo ist rechts wo links, übermalte Sprache, Flecken, alles gefleckt, von Zeile zu Zeile meine Entzifferungskünste, von Blick zu Blick. Ich will mich fesseln lassen an das, was ich sage, ich bin gefesselt an das, was ich ihr sage, komme nicht davon los. Schlingpflanzen Wurzeln Ranken binden mich, während sie sich frei bewegt, wachsen um meinen Körper herum, um mich festzuhalten, auch um die Zunge geschlungenes Rankenwerk, daß ich keinen Laut mehr herausbringe.

Ich wäre stumm, taub und blind: meine Augen reglos, um mich herum flattern noch meine Federn, schwarz, und schwatze nicht mehr, den Hals umgedreht. Gemeinsamen Wortschatz rupfen, das Gefieder löst sich auf, ich kann nichts mehr sehen, sie ist durchs offene Fenster verschwunden. Umkehr der Bilder, weil ich mich nicht mehr auskenne, weil diese Sprache keine gemeinsame Grundlage mehr hat. Ich kann sie nicht erreichen, lehne mich weit aus dem Fenster, aber ich bin taub, höre nicht, ob sie auf der Straße herumflattert, rufe sie, bin aber stumm, so daß kein Laut zu hören ist trotz ordnungsgemäßer Bewegung der Sprechorgane. Doch wo kein Schnabel ist, wird keiner wachsen, das ist kein Satz, den ich gesagt habe. Oder geraten mir jetzt die eigenen Vokabeln durcheinander und weiß ich nicht mehr, wie Sätze zu bilden sind, um sie zu erreichen, bin ich aus den Worten gefallen? Ich liege auf der Straße, ganz nackt also gefiederlos, nur vielleicht ein wenig schwarze Schrift auf der Haut, halte mir die Hände vors Gesicht und spreche einige unverständliche Wörter in Tiersprache vor mich hin.

Unter den Schnabelhieben der zahllosen Vögel wird der menschliche Körper atomisiert, in seine Bestandteile aufgelöst, die teilweise von den Tieren verschlungen werden, teilweise aber auch, unter der Wucht der Hiebe, nur im Raum herumfliegen, um dann auf Möbeln und Boden einen rötlichen Schimmer zu bilden. Anfangs wirkt es vielleicht noch so, als wollten die Vögel mit ihren Schnäbeln ein Muster oder bestimmte Zeichen in die Haut des am Boden Liegenden ritzen. Hier Nahaufnahme: Hautpartie Opfer. Leicht geritzte Linien, durch die scharfen Kanten der Schnäbel verursacht, wechseln sich ab mit tieferen Schnitten, so daß es aussieht, als sei an manchen Stellen nicht mit genug Achtsamkeit gearbeitet worden oder als sei hier die Haut dünner als an anderen Stellen. Bei genauerer Betrachtung des Ausschnitts meint man, zwischen den vielen wahllos kreuz und quer gezogenen Linien den Buchstaben K zu erkennen. Schnitt: das leere Zimmer. Es sind keine Vögel mehr zu sehen, ebenso fehlt, von den rötlichen Flecken überall einmal abgesehen, jede Spur des Opfers: weder Knochen noch Hautfetzen sind von ihm übriggeblieben.

Ein toter Vogel schläft im Haus: Schnitt und aus, also nichts mehr, keine Schrift, ich bin des Schreibens nicht mehr mächtig, kaum federlos erkennbar mehr, des Menschen Ablösung von Haut und Fleisch, den Wechsel der Erscheinung ins Nichts verlagert, in Dunkelheit nicht ich, alles sieht wieder aus wie zu Anfang, ist aber nicht so, über das Gefieder wieder Menschenhaut gezogen, fiction oder non-fiction, was bleibt ist unverwandelbar, des Menschens Knochen Haut und Haar, sie ist schon lange eingeschlafen, ich liege noch wach.

Also rein in die dreckige Prosa, nur noch grün hellgrün dunkelgrün, der Himmel, der Horizont, kein Spalt mehr, durch den Licht hereindringt, die Falle ist geschlossen, Blätter schließen sich immer enger aneinander, die Dornen verzahnt ineinander, und der Prozeß des Aussaugens hat bereits eingesetzt, Herz Arterien und Venen sind randvoll mit schwarzem, klebrigem, verdicktem Blut von anomaler Dichte, Pflanzensaft verschleimt Fliegenkörper, ich kann mich nicht bewegen, die Flügel sind zerdrückt, die Beine eingeknickt, Chitinkörper wird geknackt, wer hörte mich denn, wenn ich riefe, bis zum Äußersten gehen heißt sprechen je nach Laune, aber es kommen keine Wörter mehr, wie auch, da der Pflanzenschleim mir bereits die Gesprächsmuskulatur verklebt hat, die Kiefer lassen sich nicht mehr voneinander lösen, Sprachausfall, der Erzähler tritt dann in ein Stadium ein, in dem er selber ein Gefangener der beschriebenen Phänomene ist, sich krümmt, nach hinten, Nacken biegt sich durch, der Körper wackelt, bricht zusammen, und dazu Musik DIE GRÖSSTE KRAFT DIE ALLES SCHAFFT. Sie sagt: schau mal, ich glaube, meine fleischfressende Pflanze hat etwas gefangen.

Das Design ihrer Rede, sie spricht jetzt nur noch allein, übernimmt meine Stimme, ich höre sie sprechen, gedämpft durch die Blätter, die Schallwellen gebrochen, höre Gespräche, die es gar nicht gegeben hat: wie ist das eigentlich, die Krähen hüpfen umeinander, laufen gemeinsam über die Wiese, und wie erkennen sie einander später wieder, wenn sie sich einmal aus den Augen verloren haben? Sie dürfen nicht so weit voneinander weglaufen oder -fliegen, weil sie doch alle schwarz sind, und wenn man schon mal jemanden kennengelernt hat.

Was kümmern mich die Krähen, meine Feinde, doch kann ich ihr das nicht entgegnen, zu leise, selbst wenn ich noch eine Stimme hätte, und eine völlig andere Sprache: die Kieferknochen Zunge Kehlkopf einer Fliege sind wesentlich verschieden von denen des Menschen, sofern sie überhaupt vorhanden sind, darüber hinaus müssen sie beweglich sein und dürfen nicht in einer Weise zugekleistert sein wie meine nun.

Das ganze vorbereitete Wortmaterial habe ich eigentlich immer hier oben in der Kiste, Kopf, doch manchmal sehr gefährdet, die Bandstimme geht mir verloren, das Material will nicht heraus, als wäre das Band gelöscht, ist mir ein Magnet an der Schläfe entlanggefahren, so daß Laute nicht zu Wörtern werden? Sprechen so so, das läuft normalerweise einfach ab, diese Art von Kommunikationsübungen schlägt immer fehl, das Thema erst, dann die Ausarbeitung, Wortwahl und Tonfall, ein Dilemma, sie sagt: der Todestrieb der Sprache.

Die Fliegenreste sind nur ein paar Krümel. Ich habe mich nicht wehren können. Es muß nun jemand anderes Beobachtungen anstellen, ob die Organe mir zerfressen sind, ob Teile der organischen Substanz beseitigt, aufgelöst, ob meine Lungen in Verwesung übergehen. Sie fragt: können wir nicht über etwas anderes reden?

Ich muß diese Sätze überwinden, dann sehe ich die Welt richtig. So dem allgegenwärtigen sprachlichen Rauschen entgehen, das einen bereits in der Gebärmutter umgibt, Herzklopfen, sprachliche Laute, die von außen in den Körper eindringen. Rauschen, das nämlich ursprünglich in der Akustik, und dort als ein Sonderfall des Geräusches, ein irrelevantes oder störendes Schallereignis, sie sagt: es beeinträchtigt die Nachrichtenübermittlung, trägt keine Information, die Bildlichkeit ist umgeschlagen, Fotografie eines Fallenstellers, die Pflanze auf der Fensterbank, ich weiß gar nicht mehr, woher ich die habe, geschenkt bekommen, glaube ich, aber von wem? Worüber man nicht schweigen kann, davon muß man sprechen, wie Taubstummer und Blinder sich miteinander verständigen, falls diese Vorstellung beibehalten wird.

Anhang

1. Am Anfang war da eine Notiz, wahrscheinlich von Jacques Lacan, wo es heißt, der Mensch sei von Beginn seiner Existenz an die Sprache gebunden, schon in der Gebärmutter umgeben von den Sprachpartikeln, die durch das Fleisch an sein Ohr dringen, oder auch nur Vibrationen des Gewebes, unverständlich alles, aber unüberhörbar. Diesen Textabschnitt verlor ich, suchte danach ohne Erfolg. Ich versuchte, mich an den Namen des Autors zu erinnern, und ich las das ins Deutsche Übersetzte von Lacan mehrmals, fand aber die Textstelle nicht mehr, bis heute. Auch bei anderen Autoren fand ich sie nicht, und ich bezweifle, daß es sie je gegeben hat. Der Sprache ausgeliefert und der Frage, ob es keine Möglichkeit gebe, dem allgegenwärtigen sprachlichen Rauschen in den Ohren zu entgehen.

2. Text heißt: das Gerinnen der Schnittstellen verschiedener Gesprächsverläufe. Ich danke allen, die sich an den Gesprächen beteiligt haben.

3. »Ich habe schon daran gedacht, mir eine solche Erzählhaltung zuzulegen, sie als parasitäres Schreiben zu bezeichnen.«

Zitiert und verwendet werden: ANTONIN ARTAUD: Das Theater und sein Double (Frankfurt/M. 1979). ANTONIN ARTAUD: Schluß mit dem Gottesgericht. Das Theater der Grausamkeit. Letzte Schriften zum Theater (München 1980). INGEBORG BACHMANN: Malina (Frankfurt/M. 1971). LONNIE BARBACH, LINDA LEVINE: Der einzige Weg, Oliven zu essen und andere intime Geständnisse (Frankfurt/M., Berlin 1984). ROLAND BARTHES: Fragmente einer Sprache der Liebe (Frankfurt/M. 1984). JEAN BAUDRILLARD: Kool Killer oder Der Aufstand der Zeichen (Berlin 1978). KONRAD BAYER: Sämtliche Werke (Stuttgart 1985). SAMUEL BECKETT: Der Verwaiser (Frankfurt/M. 1971). LUDWIG VAN BEETHOVEN: Brief an die unsterbliche Geliebte (Leipzig 1923). GOTTFRIED BENN: Lyrik. Auswahl letzter Hand (Zürich 1976). ERICH ALBAN BERG: Alban Berg. Leben und Werk in Daten und Bildern (Frankfurt/M. 1976). STEN BERGMAN: Mein Vater, der Kannibale (Wiesbaden 1961). WILLIAM S. BURROUGHS: Naked Lunch (Frankfurt/M. 1979). PAUL CELAN: Gesammelte Werke (Frankfurt/M. 1984). ALEX COMFORT: Joy of Sex (Frankfurt/M., Berlin 1988). FRIEDRICH DORSCH: Psychologisches Wörterbuch (München 1969). MARGUERITE DURAS, MICHELLE PORTE: Die Orte der Marguerite Duras (Frankfurt/M. 1982). MARGUERITE DURAS: Die Krankheit Tod (Frankfurt/M. 1987). GUSTAVE FLAUBERT: November (München 1982). ERNST JANDL: Die Bearbeitung der Mütze (Darmstadt, Neuwied 1978). JAMES JOYCE: Ulysses (Lon-

DON 1986). JACQUES LACAN: Schriften (Olten, Freiburg 1966). LAURE: Schriften (München 1980). MICHEL LEIRIS: Die eigene und die fremde Kultur (Frankfurt/M. 1978). MICHEL LEIRIS: Konzeption und Realität bei Raymond Roussel (München 1980). MICHEL LEIRIS: Die Spielregel (München 1982/1986). CLAUDE LEVI-STRAUSS: Traurige Tropen (Frankfurt/M. 1966). ELISABETH LUCHESI: Von den »Wilden / Nacketen / Grimmigen Menschenfresser Leuthen / in der Newenwelt America gelegen« (Stuttgart 1987). JEAN-FRANÇOIS LYOTARD: Der Widerstreit (München 1987). FRIEDERIKE MAYRÖCKER: Magische Blätter II (Frankfurt/M. 1987). MARGARET MEAD: Kindheit und Jugend in Neuguinea (München 1971). OVID: Liebeskunst (Frankfurt/M. 1976). KLAUS POECK: Neurologie (Berlin, Heidelberg 1987). FRANCIS PONGE: Gespräch mit André Breton und Pierre Reverdy (Berlin 1983). FRANCIS PONGE: *Schreib*praktiken oder Die stetige Unfertigkeit (München 1988). REINHARD PRIESSNITZ: Fünf Prosastücke (Linz 1985). JEAN RICARDOU: Beredtes Verschwinden (München 1980). ARTHUR RIMBAUD: Brief vom 9. November 1891 (München 1982). ALAIN ROBBEGRILLET: Ansichten einer Geisterstadt (München 1976). EGON SCHIELE: Sitzende Frau (Wien 1917). GERTRUDE STEIN: Tender Buttons (Frankfurt/M. 1979). JEAN-YVES TADIÉ: Marcel Proust (Frankfurt/M. 1987). PAULE THÉVENIEN, JACQUES DERRIDA: Antonin Artaud. Das graphische Werk (München 1985). THURE VON UEXKYLL (Hg.): Psychosomatische Medizin (München, Wien 1979). Elza Veith: Medizin in Tibet (Leverkusen o.J.). Peter Weiss: Der Schatten des Körpers des Kutschers (Frankfurt/M. 1960). Josef Winkler: Menschenkind (Frankfurt/M. 1979). Ludwig Wittgenstein: Tractatus logico-philosophicus (Frankfurt/M. 1966).

Einstürzende Neubauten: Yü-Gung (1985). Laibach: Die Liebe (1985). Laibach: Vier Personen (1985). Keith LeBlanc: Circular Motion (1988). Prince: If I Was Your Girlfriend (1987). Prince: La La La He He Hee (1987). Prince: Alphabet St. (1988). Erik Satie: Prolongation du même (au pas) (1922).

Alfred Hitchcock: Die Vögel (1957). Pier Paolo Pasolini: Große Vögel kleine Vögel (1966). François Truffaut: Jules und Jim (1966).

4. »Was Kunst ist, wissen Sie ebensogut wie ich, es ist nichts weiter als Rhythmus«, sagt Kurt Schwitters. Was Kunst ist, wissen Sie ebensogut wie ich, es ist nichts weiter als dokumentierter Sex. »The reality is that nothing compares to good sex, *nothing*«, sagt Lil Louis.

Inhalt

suhrkamp taschenbücher
Eine Auswahl

suhrkamp taschenbücher
Eine Auswahl

suhrkamp taschenbücher
Eine Auswahl

suhrkamp taschenbücher
Eine Auswahl

265/5/11.93

suhrkamp taschenbücher
Eine Auswahl

265/6/11.93